箱入りオメガは悪い子になりたい

真宮藍璃

illustration:
みずかねりょう

prism bunko

CONTENTS

箱入りオメガは悪い子になりたい

「……うっわ、十時とか！　嘘だろっ……！」

枕元に置いた携帯電話が示す時刻を見て、相沢水樹《あいざわみずき》は思わず叫んだ。

大学二年生になってまだ三か月ほど。

地方の温泉地にある実家から、新幹線を利用して遠距離通学をしていた頃は、乗るべき電車を逃すと授業に間に合わなくなるという緊張感から、寝坊をすることなど皆無だった。

なのに、大学にほど近い四谷にあるこの義兄のマンションで暮らし始めてから、寝坊で講義に遅刻しそうになったのはすでに三回目だ。

もう講義が始まっている時間だし、今日はついに遅刻確定だ。一瞬もうこのまま休んでしまおうかと思ったが……。

（いや、行こう。せっかくこんなに近くに住まわせてもらってるんだし！）

水樹はそう思い直し、急いでバスルームに向かった。顔を洗うために蛇口をひねりながら、洗面室の鏡に映った自分の顔をまじまじと見る。

さらりとした黒髪に、少し色素の薄い肌と大きな瞳。柔らかく赤い口唇。

華奢な体つきと、何より首につけた黒いチョーカーから、水樹が「オメガ」であることは、誰の目にも一目瞭然だろう。

人類が男女の性とは別の第二の性である「バース性」を持って生まれてくるようになって、

かれこれ数百年。

アルファ、ベータ、オメガの三つのバース性のうち、水樹はオメガとしてこの世に生を受けた。

オメガはアルファとともに希少な存在で、人口比にして10%もいない。実家のある町は、水樹の両親を含めてほとんどの住民がベータばかりで、それなりに目立ってしまっていたが、東京ではそこまで珍しくはなかった。

二週間ほど前からこちらに住んで、ご近所の目から解放され、これから本格的に自由を謳歌しようとしているところなのだが、今の自分の顔を見ると、ほんの少しドキリとしてしまう。

鏡の中の顔には、どこか素朴な少年の雰囲気を残していた以前の顔とは少し違う、かすかに艶のある表情が浮かんでいるのだ。

自分にしかわからない程度の微妙な違いだが、「アルファ」を知って成熟し始めたオメガには、よくある体の変化らしい。

「……おはよう、水樹」

「わあっ」

顔を洗ってタオルで拭っていたら、背後から甘いテノールに声をかけられ、いきなり長い腕で体を抱きすくめられたので、思わず頓狂な声を上げた。

ほんのかすかに香る、マリン系の香水のような匂い。

アルファである彼が発するフェロモンの香りだが、彼は「番」のいる「既婚」のアルファだから、このくらい密着しなければ匂いを感じられない。

タオルから顔を上げると、鏡越しに秀麗な顔立ちの男性——井坂優一《いさかゆういち》と目が合った。

優一は、水樹と同じくオメガ男性であった亡き兄、雅樹《まさき》の番だったアルファだ。口の端に笑みを浮かべて、優一が言う。

「今日、休みじゃなかったのかい？」

「いえ、寝坊しただけで、休みってわけじゃ」

「ふふ、そうか。まあそんな日もあるね」

優一が水樹を包み込むように抱いたまま言って、優雅に小首をかしげる。

「それで？　もしかして、今から行くつもり？」

「一応」

「朝食抜きっていうのは感心しないな」

「で、でも、食べてる時間が……、あ、ちょっ」

顔を拭いたので歯磨きをしようと歯ブラシを取ったら、優一が寝間着の上からやわやわと体を撫でてきたから、知らず顔が熱くなった。水樹の耳元に口唇を寄せて、優一が甘く艶のある声でささやく。

「もう日も高いし、今日はサボったらどう？」

「そ、いうわけには」

「ちょっとくらい休んだってどうってことないよ。僕も今日は時間があるから、二人でのんびりしよう」

「けど……、ぁっ……」

寝間着の上から胸を撫でられて、恥ずかしくため息が洩れる。

昨日の夜も肌に触れてきたその手は、あっけなく水樹の体の芯にくすぶる残り火を焚きつけてくる。その手から逃れようともがきながら、水樹は言った。

「でも、ちゃんと出席、しないとっ」

「しないと？」

「えっ、と、そのっ、よくないよなー、って」

「はは、よくない、か。それは確かにそうだけどね」

優一が言って、鏡の中でいたずらっぽい表情を浮かべる。

「きみは、『悪い子』になりたくてここにいるんだろう？　だったらこのままサボるべきじゃないかな。どうしても気が咎めるっていうなら、そうだな……、悪い『恋人』のせいにするっていうのは、どう？」

「ちょっ、優一、さっ、ん、んっ……」

腕の中に抱きとめられたまま、肩越しに口唇を合わせられてくらくらする。

優一はキスがとても上手くて、それだけで本物の恋人のように水樹を蕩けさせる。

亡き兄の番だった人なのにと、いまだに少々ためらいを覚えるが、彼のキスを味わうとその思いも霧散してしまう。

『きみを「悪い子」にしてあげよう』

初めてのセックスのときに優一に言われた甘美な言葉は、思い出すたび水樹をゾクゾクさせる。

親の言いつけを守って「いい子」で暮らし、やがて家柄のいいアルファと結婚して、子供をたくさん産む。

オメガの自分にはそんな未来しか選べないのなら、せめてその日が来る前に、ごっこ遊びでいいから恋愛をしてみたい。少しくらい羽目を外してみたいし、生殖とは関係のないセックスを奔放に楽しんでみたい。

優一は水樹が告げたそんな軽薄な願望を聞き入れ、期間限定の同居生活をしながら、恋愛ごっこをしてくれているのだ。

なんとも不埒な話ではあるが、雅樹の死後も身内同然の付き合いを続けてくれている優一からすると、これはただの義弟への親切心であるらしい。

(でも……、こんなことしてて、ほんとに、いいのかな……)

自分で言い出したこととはいえ、水樹はたびたびそんな疑問を抱いたりもするのだけれど、良くも悪くも、優一にはいつも迷いがなくて――。

「体、火照ってきたね?」

「……っ……」

「ベッドへ行こうか。熱を冷ましてあげるよ」

優一の甘い誘いに、理性が溶けていく。優一に手を引かれるまま、水樹は洗面室を出ていった。

◆　◆　◆

『水樹って、ほんとに「いい子」だよねー！』

水樹は昔から、いろいろな人に多少のからかいを込めてそう言われてきた。

小学生の頃は学級委員を買って出たり、中学高校では制服を着崩すことなくきっちりと着て、別に守る必要もなさそうな校則でもちゃんと守るような子供だったので、間違ってはいないと思う。

でも、それはオメガの子供にとってはごく普通の振る舞いだともいえた。あえて大人に逆らうとか強く反抗するとか、自分なりの信念を持って与えられた環境から飛び出していく、といった行動に出る動機が、オメガの子供は比較的弱いのだ。

数百年前、環境変化に適応する形で生み出された、男女の性とは別の第二の性である、バース性。

その頂点に立つ存在は、アルファだ。

あらゆる能力が抜きん出ており、優れた身体能力と知性を生かして指導的立場で社会を牽引する、人類の進化の到達点だといわれている。

人類の総人口の約八割を占めるベータは、穏やかな気質と丈夫な身体を持ち、特出した能力がない代わりに、どのような分野に関しても平均的な能力を有する、ゼネラリスト的な存在といえる。

そしてオメガはといえば、身体能力ではアルファやベータに劣るものの、生殖能力が飛び抜けて高く、アルファと「番」と呼ばれる強固な関係を結んで、アルファの赤ん坊を出産することができる。

そのため、一般的に言って、オメガは良きアルファの伴侶を得て子供を産むことが、正しい生き方だとされてきた。

もちろん、現代ではオメガの社会進出が進み、社会もそれを受け入れているが、親の世代はまだまだ古い考え方をする人も多く、オメガ自身もその価値観を当たり前のものとして育つことが多い。

特に保守的な地方では、オメガがあまり奔放に振る舞うと、本人はもちろん親の名誉にもかかわってくる。リゾート開発会社を営む水樹の実家のように、客商売の場合、客からの信用に影響するということもあるので、両親もしつけにはそれなりに厳しかったのだ。

とはいえ、大学生になってもアルバイトや一人暮らしを許してもらえず、実家から片道二時間の距離を新幹線で通うというのは、自分でもちょっといい子ちゃんをやりすぎている自覚があった。

十代以降、年頃なりの反抗心もなくはなかったのだが、同じオメガであった兄の雅樹の若すぎる死が、水樹を「いい子」にさせている面もあるのかもしれない。

「ただいまー……。あれ、お客さんかな?」

今からひと月ほど前の、ある晩のこと。

大学の友達からの飲み会の誘いを泣く泣く断って最終の新幹線に乗り、冬はスキー客でにぎわう観光地の駅で降りて、てくてくと歩くこと二十分。父が経営する温泉旅館に隣接する自宅に帰り着くと、玄関のたたきに見慣れぬ革靴があった。

父は旅館に宿泊している知人や友人を家に招き、一緒に飲むのが好きなので、きっと和室の客間に誰か来ているのだろう。

父は二言目には、オメガのおまえの幸せは家柄のいいアルファと結婚してちゃんと子供を産むことだ、と水樹に言い、まだ二十歳になったばかりなのに、そろそろ見合いをしろとけしかけてくる。

この上、客にまで縁談がどうとか話しかけられると面倒だ。軽く挨拶だけして自室にこもろうと思い、水樹は鞄を持ったまま、長い廊下を歩いて客間に行った。

廊下に膝をついて一声かけ、ふすまを開けると。

「やあ、おかえり水樹」

「優一さん……！」

少し長めの黒髪に、形のいい額の下のすっと整った眉。高い鼻梁と肉厚な口唇。

そして深い知性と品性とが宿る、美しい切れ長の目。

一目見ただけでアルファだとわかる秀麗な顔立ちと、肩が広く手足の長い立派な体躯を持った男性が、笑みを浮かべてこちらを見ている。

父と向き合って杯を傾けていたのは、五年ほど前に亡くなった兄雅樹の「番」だった、優一だ。

彼はアメリカの西海岸に住み、飲食店チェーンを経営している実業家だ。父とビデオ通話で会話しているときに少し話したりすることはあったが、この前直接会ったのは、雅樹の三回忌の法要のときだったから、およそ三年ぶりの再会だ。

「おう、よく帰ったな、水樹」

優一の向かいで杯を手にした父が、機嫌よく酔った顔で言う。

「優一くん、少し前にお父上を亡くされてな。ご実家の整理なんかで、しばらく日本に滞在するんだそうだ」

「そうだったんですね」

「ちょうどいい、おまえも一緒に飯を食え」

「ええと……、でも、俺なんかがお邪魔してもいいのかな？」

「もちろんいいに決まっているだろう！　なあ、母さん」

水樹の背後に視線を向けて父がそう言うので、驚いて振り返ると、割烹着姿の母が、白飯の入ったおひつを手にして立っていた。

にこりと微笑んで、母が言う。

「あら水樹。おかえりなさい」

「母さん！　こんな遅くまで起きてて大丈夫なの？」

「今日は調子がいいのよ。優一さんがせっかく訪ねてきてくださったのに、横になんてなっていられないわ」

言いながら客間に入っていく母の足取りは、いつになく軽い。

母は雅樹を亡くしてからふさぎ込んでしまい、旅館の女将としての仕事も人に任せて寝たり起きたりの日々を送っているのだが、長男の雅樹の番だったアルファとして、いまだに相沢家を何かと気にかけてくれている優一を、父と同様に母もとても気に入っている。こうして顔を見せてくれて喜んでいるのだろう。

でも、無理をして体調が悪化してしまわないか少し心配だ。母にだけここを任せて休むのもどうかと思い、水樹も部屋に入ると、父が優一の隣に座るよううながし、杯をよこして言った。

「ちょうど今、優一くんとおまえの話をしていたところなんだ」

「え、それは、どんな？」

「大学の話を聞いていたんだよ。今、東京まで通っているんだって？」

優一が答えて、明るく誘う。

「よかったら食事にでも行こうよ。僕は今、東京でホテル暮らしなんだ」

優一が冷酒のとっくりを持ち上げたので、恐縮しながら水樹も杯を取り、酒を注いでもらう。

優一の杯に酒を注ぎ返すと、彼が笑みを見せて言った。

「それにしても、新幹線通学とはねえ。毎日ここから東京に通うのは、大変でしょ？」

「まあ、大変は大変ですけど、一人暮らしとか、俺にはまだ、早いんで」

本音を言えばしてみたかったし、もう二十歳を過ぎているので早いとも思わなかった。

だが変に父の機嫌を損ねて場の空気を乱したくなくて、当たり障りなく答えると、優一がふふ、と笑った。

「そう。きみは相変わらず、いい子なんだね」

微笑ましいものでも見るみたいに目を細めてそう言われ、少しばかり反発を覚える。

優一は大手ホテルチェーンを経営するリゾート開発会社、井坂リゾートの創業家である井坂一族の生まれだが、まだ十代の頃に家を出て海外に飛び出し、それ以来生活の拠点はずっとアメリカ西海岸だった。水樹と直接顔を合わせる機会はそれほどないから、いまだに「雅樹の弟」として、兄目線で水樹を見て子供扱いしているのだろう。

雅樹と優一との出会いは、高校卒業後旅館の仕事を手伝っていた雅樹が、周りから見合いだの結婚だのを迫られるのをうるさがり、半ば強引にカリフォルニアへの短期留学を決行したときのことだった。

気さくで自由な雰囲気の優一を、ビデオ通話を通じて初めて紹介されたとき、水樹はまだ中学生だったが、海外暮らしの実業家のアルファ男性というだけで、素朴なあこがれを抱いたのを思い出す。

その気持ちは今でもそれほど変わっていないし、そもそも八歳も年が上なのだから仕方がないし、「いい子」なのも自覚があるが、もう少し大人として扱ってくれてもいいのに。

「なあ、優一くん。水樹ももう二十歳だ。いつまでも子供じゃないぞ？」

軽く乾杯をして、母が運んできた天ぷらや刺身、和え物などを肴に酒を飲んでいたら、父がそう言ったので、少し驚いて顔を向ける。

子供扱いという点では優一以上の父だが、もしかしたらそろそろ考えを改めてくれるのだろうか。小首をかしげた優一に、父が探るみたいに訊ねる。

「誰か、いいアルファを知らんかね？　水樹にふさわしい、良き伴侶になってくれそうな相手を？」

（……なんだ、結局それかー！）

父の言葉に盛大に脱力する。

もう子供じゃないといいながら、一人暮らしやアルバイトは許してくれず、でも結婚相手は早く見つけたいなんて、水樹からするとわけがわからない。

比較的水樹の行動の自由を認めてくれてはいるが、その点に関しては父と同意見の母が、白飯をよそって三人の前に並べ、にこにこしながら言う。

「そうねえ、もう二十歳ですもの。そろそろ、そういうことも考えないと」

勘弁してくれ、と思いつつも、顔には出さず黙って白飯を口に運ぶ。

客が来ればだいたいこういう話になるのでしょうがないが、この話を優一に振るというのも、ちょっとどうかと思う。

（二人とも、本当は優一さんが俺を番にしてくれたらいいのにって、内心そう思ってるくせに）

互いに希少な存在である、アルファとオメガ。

それゆえにか、この二つのバース性を持つ人同士は、「番」と呼ばれる特別な絆を結ぶことができる。

生殖能力の高いオメガには、発情期と呼ばれる繁殖時期があって、強烈なフェロモンを発して生殖相手を引きつけるのだが、そのフェロモンはアルファだけを昂らせ、理性を失うほどの劣情を催させるのが特徴だ。

自然界であれば本能のままに交尾をし、繁殖すればいいのだろうが、人間の場合、そんなことになれば社会秩序が混乱してしまう。

そうならないよう、生殖可能なオメガは普通、発情周期を管理し、突発的な発情を抑えるための抑制剤を飲み、万が一に備えて体内には妊娠を防ぐための保護具も装着している。

さらにアルファとオメガには、特定の相手とだけフェロモンが影響し合うように変化する、身体的メカニズムも備わっている。

発情したオメガの首をアルファが噛むことによって、そのオメガのフェロモンが噛んだアルファだけに作用するものへと変化し、アルファはほかのオメガのフェロモンの影響も受けなくなる。

そういう排他的な関係になったアルファとオメガのことを、一般的に番と呼ぶのだ。

オメガは一度アルファと番の関係を結ぶと、生涯ほかのアルファを寄せつけず、性交することもできなくなる。

だがアルファのほうには特に制限はなく、番の相手とは別のオメガと、さらに番うことも可能なのだ。

だから水樹の両親は、兄雅樹の番だった優一に、水樹の結婚相手になってほしいと思っているのだ。

(でもそんなこと、お願いできないもんなー……)

優一の左手の薬指には、五年が経った今でも、雅樹と交わした結婚指輪が輝いている。

それは、優一がまだ雅樹のことを愛している証しだろう。

雅樹が亡くなったとき、優一は海外の住居からこの家まで亡骸を運んでくれて、立派な葬式を出してくれた。父の会社に海外の取引先を紹介してくれたりもしているようだから、父も母も、この上さらに水樹をもらってほしい、などと言うのははばかられると考えているみたいだった。

水樹にしても、優一は年の離れた義兄として、あこがれの対象ではあっても、番の相手に、というのはちょっと考えられなかった。

(けど優一さんの紹介なら、素敵な人かも?)

水樹の年齢が、雅樹と優一とが出会った頃の年齢に近づいているのは確かなのだ。優一が誰か紹介してくれるというのなら、都会の洒落たカフェでお茶ぐらい飲んでみるというのも、一つの経験としてありかもしれないとは思う。

　なんとなくそんなことを考えていると、優一が思案げに言った。

「……うーん、そうですねえ。確かに年齢的には大人だし、いい人がいれば、ご紹介するのはやぶさかではないですがね」

「そう思ってくれるかね？」

「ええ、お義父さん。でももちろん、水樹次第ではありますよね」

　優一が言って酒を一口飲み、こちらに顔を向ける。

「まあ、僕が言えた義理じゃないけど、きみはまだ大学生だ。何かやりたいことがあるならやっておいたほうがいい。いろんな人と友達になって、一緒に楽しいことをして過ごすっていうのも、学生時代ならではの貴重な経験だしね」

「優一さん……」

　そんなふうに言ってもらえると、水樹としては嬉しい。

　将来の相手探しよりも大切なことはいくらでもあると思うし、優一がそう思ってくれているなら、両親も少しは水樹の自由を認めてくれるかも――――？

「……とはいっても、実家から新幹線通学してるんじゃ、やりたいことをやるという以前の話だね」

「え」

「きみ自身、それを当たり前のこととして受け入れているわけでしょう？　ひょっとしたらきみは、遊ぶよりは勉学に励むほうが向いているのかもしれない。それでなくても、きみは箱入り息子だからねえ」

からかうみたいにそう言われ、真顔になりそうになる。

箱入り息子だなんて、子供扱いを通り越して世間知らずな未熟者だと言われているみたいだ。

父が小さく笑って言う。

「はは、箱入りとはまた、言い得て妙だな！　しかし、勉学向きというのは確かにそうかもしれんなあ」

「そうねえ。何せ水樹は、小さい頃から真面目ないい子だったものねえ。思えば小学校のときから――」

今までにも数え切れないほど披露されてきた、水樹の「いい子」エピソード。母によるその振り返りが、どうやらまた始まりそうだ。

水樹は辟易しながらも、黙ってまた白飯を口に運んでいた。

そんなことがあってから数日後の夕方のこと。

水樹はとある決意をして、渋谷の街にやってきた。

待ち合わせ場所の道玄坂のカフェバーへと向かいながら、携帯電話を取り出してメッセージを確認する。

『コータです。ネイビーのシャツに白のカーゴパンツをはいてます。髪は金のツーブロです！』

マッチングアプリを通じて初めてやりとりしたベータ男性からの、外見を伝えるメッセージ。

プロフィールによれば都内の大学の三年生で、「バース性を問わず気楽な付き合いができる相手」を探しているという。

それはある種の隠語で、将来的にアルファのものになるであろうオメガとの一時の肉体関係にもためらいがない、という意味だ。

もちろん、今日会ってその場でどうこうというつもりはない。まずは知り合って、何回か会ううちにそういう仲になれたら、というだけだ。

こういうことをするのは初めてだから、ほんの少し不安はあるが、それ以上にワクワクもしている。これは水樹にとって、間違いなく記念すべき第一歩だ。

(俺だって、やろうと思えばやれるし！)

一応は両親の言うことを聞いているけれど、本当は自由に生きたいと思っているし、結婚や子作りのためじゃない、普通の恋愛やセックスをしてみたい。

いい子と言われるのはいいかげんやめたいし、子供扱いされるのも、世間知らずだと思われるのも、もうごめんこうむりたい。

優一が訪ねてきた翌日、彼が出立してしまってからも、水樹はずっとそう思って、何日か落ち着かない気分で過ごした。

どうしたらそうできるか、子供扱いされないよう、成長できるのか。

あれこれと考えた結果、水樹はふと思い至った。

もう二十歳なのだし、手頃な相手と知り合い、思い切ってぱーっと処女を喪失してしまえば、少なくとも自分の気持ちの中では、少しだけ大人気分を味わえるのではないか、と。

ちょっと、安直すぎるだろうか。

当然そう思わなくもなかった。そもそも今まで誰かを好きになったり、付き合ったりしたこともないし、大学生になってからもそういうことは一切なかったのに、いきなりそこを飛び越えてマッチングアプリで知り合った相手とセックスする、というのも、何か少しずれているかもしれない。

でも、大学の友達の多くがここ一年ほどの間に、いわゆる初体験をすませていた。ほとんどがベータだったから、オメガの自分とは考え方も将来設計も違うのかもしれないが、同じ年頃の学生ではある。

バース性を持つ現代人にとって、妊娠の可能性は誰にでもあるが、オメガは発情期以外はその確率が極端に低いし、万一の場合に備えて体内保護具もつけているため、むしろベータよりも安全だと言えるだろう。

だとすれば、水樹だってやろうと思えばやれるはずではないか。

一昔前は、オメガはアルファのものになるまで純潔を守るべし、などといわれたりしていたようだが、そんな考え方は前時代的すぎる。オメガの行動の自由を制限するような古くさい考えなんて、これからの時代には合わないのだ。

水樹はそう思い、大学の友達にさりげなく出会いが欲しい、などとつぶやいてみた。すると友達が、よく利用しているというマッチングアプリを紹介してくれたのだ。

「やばい、変な汗かいてきた！」

興奮しすぎているのか暑くなってきたから、水樹は着ていたジャケットを脱いだ。

格好が変わってしまうし、カフェバーの場所の確認もかねてメッセージを送っておこうか。

『コータ様。ミズキです。ジャケットを脱いだので、白いシャツを着ています。「トワイライト・オーシャン」というお店は、坂の上の交差点を右で大丈夫でしょうか？』

ジャケットを軽くたたんで腕にかけながらメッセージを打ち、送信したところで、交差点に差しかかる。角を曲がってしばらく行くと、雑居ビルの二階の壁に店の看板が出ていた。

道の先には、ラブホテル街が見える。

(そのうちあそこで、エッチするのかな？)

想像すると、自分は今とても大胆なことをしていると思えてくる。

ドキドキしながら店のほうに近づいていくと。

「……っ？」

ネイビーのシャツに白のカーゴパンツ、金色の髪のツーブロック。

メッセージのとおりの男性が水樹を追い越し、雑居ビルのほうへと歩いていく。

水樹には気づいていない様子だ。

「あ、あの、コータさんですかっ？」

ビルの入り口から中に入ろうとしている男性に声をかけると、振り返ってこちらを見た。

しばし水樹の姿を眺めてから、ああ、と声を立てて、男性が言う。

「もしかして、ミズキさん？」

「はい」

「そっか！　ジャケット着てないから違う人かと思った！　こんちは、コータっす～」

軽い口調で男性――コータが挨拶をする。

どうやらまだメッセージを見ていなかったようだ。

でも出会えたからまあいいだろう。コータがにこにこしながら言う。

「えーと、きみも大学生だっけ。もう酒って飲めるの？」

「あ、はい。二十歳過ぎてるんで」

「よかった！　じゃ、まずは軽く一杯いっとこうか！」

コータが言って、いきなり肩に腕を回してくる。

「きみ、すごくかわいいね？」

「えっ、と」

「俺さ、きみみたいなオメガ、超タイプなんだ。出会えてマジラッキー！」

「そ、そうです、か？」

お世辞なのかもしれないが、そう言われると悪い気はしない。水樹の肩をぐっと抱き寄せて、コータが言う。

「オメガってさ、いろいろ大変だと思うけど、俺はサベツとかしねーし。楽しく過ごそうぜ！」

あっけらかんとした声の調子に、気安さがにじむ。

水樹は不安と期待の交じった気分で、小さくうなずいていた。

雑居ビル二階の「トワイライト・オーシャン」という店は、照明が少し暗めで、カウンター席のほかに横並びで二人がけの仕切られた席がいくつもあった。

その一つ一つに若いカップルがいて、その中には首にチョーカーをしているオメガと思しき人もいる。

こういうところに来るのは自分だけじゃないのだと思うと、ほっとするのだけれど。

「はーい、じゃ、もう一回かんぱ〜い！」

「……か、かんぱい……」

コータと三度目の乾杯をして、甘いカクテルを口にする。

グラスの中身を半分くらい飲んで、コータが言う。

「んで、なんだっけ、どこまで話したっけ？」

「テニスのインカレサークルで、軽井沢に行ったときの話、だったかと」

「そうそう、そうだった！　いやー、みんなテニスも好きだけど、とにかく出会い求めてっからさ、もう毎日パーティーよ。そこで付き合ったやつも多くてさ、楽しかったなぁ〜」

店に入り、席に通されてから、小一時間くらいは経っているだろうか。

コータはずっと水樹の肩を抱いたまま、至って軽薄な学生生活についてぺらぺらと話し、次々に酒を注文しては水樹にすすめてくる。

水樹は酒は飲めないほうではないと思うが、ちょっとペースが速いのではないか。

（……なんか、思ってたのと、違うかも……？）

今まで誰とも交際した経験がなく、マッチングアプリを使ったの自体も初めてなので、いわゆるデート的なものがどういう雰囲気で進むのか、実のところよく知らない。

でもこんなふうにずっとくっつかれて、流し込むみたいに酒を飲むというのはやはりなんだかちょっとおかしい気がする。

もしかしてあまり良くない相手とマッチングしてしまったのか。

（逃げちゃおっかな……）

会ってみて合わなさそうな相手だったら、別に無理して付き合うことはないだろう。

とりあえずトイレにでも行って、用事を思い出したとかなんとか言って会計をして、ここで別れればいいか。

水樹はそう思い、肩を抱くコータの手をするっとすり抜けた。

「ごめんなさい、ちょっと、お手洗いに――」

言いながら立ち上がって、通路に足を踏み出した途端。

くらくらとめまいを覚えて、水樹は屈み込んだ。

そんなに酔っていたつもりはなかったのだが、やはりピッチが速すぎたのだろうか。

「ありゃ、けっこう酔いが回っちゃってる？　大丈夫？」

「は、はい、たぶん……」

「悪い、飲ませすぎちゃったな。どっか休めるとこ行こっか！　すいませーん、お会計、ここ置いとくね！」

「えっ、あの、ちょっ……？」

コータがテーブルに金を置き、水樹を立ち上がらせて腰に腕を回して歩き出したので、驚いて顔を見る。

水樹と同じくらい酒を飲んでいたのに、コータはほとんど酔っていないように見える。

ふらふらとよろめきそうになる水樹を支えながらエレベーターで一階に降り、雑居ビルの前の道に出て、ためらうこともなくラブホテル街のほうに向かって歩き出した。

外はとっぷりと日が暮れ、すっかり夜の街の雰囲気だ。

もしかしてこれは、まずい状況では……。

「あ、あのっ、俺、大丈夫なんでっ」

「ぜんぜんそうは見えないよ？　いいからちょっと休も！　俺いいホテル知ってるし」

「や、ホテル、とかっ」

こんな状態でラブホテルに連れ込まれたらどういうことになるか、さすがの水樹でもそれくらいはわかる。もしや最初からそのつもりで、水樹にどんどん酒を飲ませていたのだろうか。今すぐ逃れなければと焦るけれど、酒が足にきていてまともに歩けず、腰を抱くコータにずるずると引きずられる。

やがて南欧風の洒落た外観のラブホテルの前まで来て、コータが言う。

「ここのホテル、知り合いがやっててさ。この時間から明日までゆっくりできるんだ」

「……明日っ……？」

「せっかくだしさ、朝までじっくり楽しもうぜ。俺、オメガの子とするの大好きなんだよ」

「あ、朝なんて、困りますっ、門限が……！」

「まあまあ！　それならちゃんと間に合うようにするからさぁ～」

正確には門限というより、今日の最終の新幹線に乗れるか乗れないかという話なのだが、ここでラブホテルに入ったら絶対に間に合わなくなるし、それ以上にひどいことになるのは目に見えている。

へらへらしながらもがっちりと腰を抱いて、水樹を建物に引き入れようとするコータに、必死に抵抗してみるが、酒以前に力の差は歴然で逃れることができない。

自ら招いた事態ではあるが、これはいわゆる貞操の危機では。

（どうしよう……、こんなつもりじゃ、なかったのに）

友達も使っているマッチングアプリだし、危険な目に遭うことはないだろうと高を括ってい
た。酒を飲んだところでどうということはないだろうとも思っていた。

浅はかだったと自分の馬鹿さ加減を嘆きたくなるが、それはあとにして、今はとにかく拒絶
の意思を伝えなければ。

水樹は震える声で言った。

「い、やですっ、放して！」

水樹の少し高い声に、道行く人がちらりとこちらを見る。水樹は深く息を吸い込んで、さら
に大きな声を発した。

「こういうの、嫌です！　やめてくださいっ」

「えっ、ちょ、やだなー、別になんにもしてないじゃーん？」

「僕はホテルに入りたくないんです！　もう、触らないで！」

「いやいや、せっかくここまで来たんだからさあ」

コータが懐柔するように言いながら、手に力を込めて水樹をホテルに引っ張り込もうとする。

こんなのは嫌だ。誰か自分を助けてほしい。誰か――――。

「……手を離しなさい。彼は嫌がっているよ。明確にね」

かすかな気配とともに、不意に二人の背後から、柔らかいが警告するような声が届いたので、コータが剣呑な顔でにらみつける。

だがすぐにはっとした顔になって、水樹から手を離した。

いったい誰に声をかけられたのかと振り返ると、水樹よりもコータよりも、そして街を歩く人々よりも背が高く、一見してアルファだとわかる独特の存在感を放つ男性が、二人のすぐ後ろに立っていた。

その顔を確かめて、水樹は目を見張った。

「……優一、さん？」

「えっ！　こ、このアルファさんとお知り合いっ？」

「僕は彼の義理の兄だ。僕の身内に何をしてくれているのかな？」

にこにこと微笑みながら、優一がさりげなく水樹の肩を抱いて、コータから引きはがす。

コータが慌てふためいて言う。

「い、いやっ、何をなんて、そんな、はは！　ちょっとした行き違いで、そのっ……、ちょっと用事を思い出したんで、ここで！」

ぴゅー、と音が聞こえてきそうなほどの速足で、コータが逃げていく。

何がどうしてこうなったのかわからないが、とにかく助かった。優一がこちらを見つめて困った顔で言う。

「やれやれ、なんて逃げ足だ。もうちょっとシメてやればよかったかな」

「優一さん、なんで……」

「渋谷にいた理由？　近くの画廊で友人が個展を開いてて、ちょうど見に来ていたからだよ」

「でも、どうしてここに……？」

「あれ、まだ気づいてない？　きみ、僕にメッセージの誤送信をしたでしょ」

「誤送信っ？」

「『トワイライト・オーシャン』て店は、僕の知る限り十五年以上前からあそこにあるけど、悪い噂の絶えない店だから、心配になってね」

一瞬何を言われているのかわからなかったが、優一とはこの間連絡先を交換して、登録し合っている。もしかして、コータに送ったつもりで間違って優一にメッセージを送っていたのか。

店の悪い噂というのは、いったい……？

「まあ、あとで話そうか。きみ、だいぶ具合が悪そうだしね」

「……え、そんな、ことは……、うぅ……」

気が抜けたせいか、急に吐き気がしてきた。優一が気づかうように言う。

「少し休んだほうがいいね。僕が泊まってるホテルでよければ、来るかい？」

「え、いいん、ですか？」

「もちろん。ここからだとタクシーでそんなにかからない。空車があるといいけど」

優一が言って、水樹を抱き支えながら携帯電話を取り出す。

水樹はなんだか情けない気分で、その腕に身を委ねていた。


優一の滞在先は、赤坂にある洒落たホテルだった。

高校生の頃まで暮らしていた実家が近くにあるそうで、都会の真ん中ではあるが、優一にとっては慣れ親しんだ界隈らしい。

ホテルの部屋は窓から街が一望できるとても洗練された素敵な部屋だったので、できればもう少し体調のいいときに来たかったものだと、水樹は切実に思った。

「……あ、れ……？」

泥のような寝落ちから目覚めて、水樹は自分の寝ぼけた声を聞いた。

ホテルに着くなり洗面所を占拠し、吐き気がおさまってからベッドに横になったところまでは覚えているが、いつの間に眠っていたのだろう。

「あ、起きた？」

横たわったままぼんやり天井を見ていたら、視界に優一の顔がぬっと現れた。

「気分はどう？　だいぶ戻してたみたいだし、飲めそうならスポーツドリンクを飲んだほうがいいかな」

優一が言って、視界から消える。ややあってまた戻ってきて、冷えたペットボトルをこちらによこしたので、水樹は受け取って、ゆっくり体を起こした。

「……いっ、た」

「頭が痛い？　ずいぶん飲まされたみたいだね。あの感じだと、たぶんさっきのベータ青年はノンアルコールドリンクしか飲んでなかったんじゃないかな」

「え。それって、どういう……？」

「店と結託してるんだよ。ウブな子を酔わせてホテルに連れ込んで……、ていうね。昔から変わらない手口だ」

「そんなことがっ……？」

本当に危ないところを助けられたのだと、ゾクリとする。

あのまま連れ込まれていたらコータに無理やりやられて、朝まで――。

「……っあ！　今何時ですっ？」

「夜の十一時半」

「ええっ！　じゃ、じゃあもう、新幹線が……！」

「お義父さんには僕から連絡しておいたよ。都合が合ったから二人で食事に行って、今夜は僕のところに泊まるってね」

「泊まっ……！　で、でもっ」

「好都合なことにこの部屋、一応スイートだからね。隣の部屋にもう一つベッドがあるんだ。僕はそっちで寝るから、このベッドはきみに譲るよ」

優一が説明して、うなずいて続ける。

「明日は土曜日だし、お義父さんにも僕が一緒なら安心だって言ってもらえたから、何も気にしなくていい。特に用事がないのなら、のんびり帰ればいいさ」

取り立てて用事などないし、父がそう言うのなら、お言葉に甘えさせてもらおうか。

思いがけない事態に少し当惑しながらも、水樹がそう思っていると、優一がクスリと笑って言った。

「それにしても……、いろいろと驚きだな、きみには」

「……何が、です？」

「僕はきみのこと、親の言いつけも門限も守るいい子ちゃんだと思っていたんだよ？　まさかマッチングアプリで出会った相手と寝たりしてたなんて……」

「ね、寝てないですっ！　あの人とは出会ったばっかりだったし、ていうか俺、まだヴァージンだし！」

水樹は慌てて言って、首を横に振った。

「……マッチングアプリを使ったのだって、今回が初めてです。あんなことになっちゃうなんて、思わなくて……」

説明していたら、なんだか自分が情けなくなってきた。

優一がくれたペットボトルのふたを開け、ゴクリと一口飲んでから、水樹は続けた。

「ああいうこと、俺にもできるって、思いたかったんですよ。俺だって自由に生きられるぞって」

「……自由に？」

「でも、どうしたらそうできるかわからなくて、やり方も知らなくて、失敗しちゃって。俺ってほんと、世間知らずの箱入り息子ですよね」

自嘲する気力もなく、ただ吐き出すみたいに言うと、優一が興味深げな目をして言った。

「自由に生きたいなんて、そんなことを思っていたんだ？」

「そりゃそうですよ。だって、意味がわからないじゃないですか。オメガに生まれただけで、良きアルファと番になって子供を産むのが幸せだとか、好き勝手したら信用にかかわるとか。

いい子なんて、ただ従順な子だってだけのことだと思うし。俺だって、本当はもっと悪い子になりたかったですよ」

こんなこと、今まで誰にも話したことがなかった。

でも、それが水樹の素直な気持ちだ。それが伝わったのか、優一が少し考えてから、真面目な顔をして言う。

「なるほど、きみはそんなふうに考えていたんだね。うーん、でもまあ、別に今からだって、悪い子にはなれると思うけど？」

「……そうですかね？」

「うん。だってほら、雅樹だってある意味、そうだったでしょ？」

「兄さんが……？」

若くして亡くなってしまったが、優一のような立派なアルファと番になった雅樹は、どちらかといえばいい子なのではないかと、水樹は一瞬そう思った。

でも、縁談をすすめる周囲の反対を押し切って海外短期留学を決行したのは、言われてみればオメガらしからぬ振る舞いであると言えなくもない。

あれはある種の家出だったのではと、そんな気もする。

「確かに、兄さんはちゃんと悪い子になって家を飛び出して、そこで優一さんと出会って番になって……。ちょっとうらやましいなとは思ってたけど、でも俺はああいうふうにはできないって思うし」

「どうしてそう思うんだい？」

「だって俺、ヘタレだから。母さんを哀しませるのも、つらいし」

水樹は言って、またスポーツドリンクを飲み、ぽつぽつと続けた。

「けど、どうせ誰か親の決めた人と結婚するなら、その前にごっこでいいから、恋愛とかしてみたいかな。……て言っても、もうさっきみたいなのは嫌だから、ああいう人とじゃなくて」

自分でマッチングしておいてどうかと思うが、もっとまともな相手と出会って、ごく普通のセックスがしたい。初めての経験はずっと記憶に残るものだと思うし、あまり嫌な思い出にはしたくないのだ。

もしかしたら夢を見すぎているのかもしれないと、思わなくもないけれど。

「初めての人は、できれば手慣れた人がいいなって、思うんです」

「……ほう？」

「なんか、ロマンチックな場所で二人きりで過ごして、じっくり、っていうのがいい。まあ、そんな人いるわけないってわかってるけど」

さすがにちょっと子供っぽすぎる夢想を話している気がして、付け加えるようにそう言ってみる。笑われるかなと思い、ちらりと顔を見たら、優一がうなずいて言った。

「なるほど、ちょっとわかってきたよ。つまりきみは、手頃な相手と疑似恋愛をして、手っ取り早く処女を喪失しようと思っていたんだね？」

「えっ……、ま、まあ、簡単に言うと、そうですけど」

「そうか。その気持ちもわからないではないよ。それでさっきみたいな明らかな外れを引いたら、ロマンチックなところで手慣れた人としたい、って思うのもね」

「優一さん……、あの、別にいいんですよ？　無理して共感してくれなくても」

「はは、無理なんてしてないよ。率直な感想を述べただけだ」

優一が言って、秀麗な顔にどこかいたずらっぽい表情を浮かべて続ける。

「僕とでよければそれ、やってみるかい？」

「へ？」

「自分で言うのもなんだけど、僕ももうすぐ三十路だし、それなりに手慣れてると思うよ。ロマンチックな場所もいくつか知ってるし、きみの初体験の相手としての条件は、最低限クリアしてるんじゃないかな？」

「は、はあっ？　何言ってるんですか、あなたは！」

とんでもない提案に、思わず動転して声が裏返ってしまう。

もう亡くなっているとはいえ、優一は兄の雅樹の番だった男だ。慌てて首を横に振って、水樹は言った。

「義理の兄弟なのに、そんなのあり得ないでしょ！」

「おやおや。悪い子になりたいって人が、そんなこと気にしてちゃ駄目だな」

「そ、それとこれとは……！」

「一緒だよ。それにね、雅樹は生前、きみの将来をすごく心配していたんだよ？　両親にあれこれ先のことまで決められて、ずっと窮屈な生き方を強いられるんじゃないか、ってね」

「兄さんが、そんなことをっ……？」

思わぬ言葉に、軽い衝撃を受ける。

雅樹は優しい兄だったが、七つも年が離れていたせいか、彼と将来の話をしたことはなかった。そんなふうに思ってくれていたなんて、初めて知った。

優一が笑みを見せて言う。

「雅樹はそれこそ自由に生きたわけだけど、きみと同じオメガなのに、自分だけ好き勝手してるって、ほんの少し罪悪感を抱いてもいたんだ。だからきっと、きみのしたいことは応援してくれると思う」

「優一さん……」

「身内同然の僕にならむしろ安心して初体験の相手を任せてくれるんじゃないかな。それが、彼のパートナーだった僕の意見だ」

そう言われると、なんだかちょっと心が揺れる。

アルファとオメガの番の結びつきは、一説によれば親兄弟とのそれよりもずっと深く、強固なものだといわれている。

互いの考えや心の内までもわかり合える、唯一無二の存在。それが番だと。

だったら雅樹のことを誰よりも理解しているのは番の優一で、彼が言うのなら、それはきっと正しいのだろう。

でも水樹としては、本当にいいのだろうかと、やはりどうしてもためらいを覚えてしまって――。

「明日、僕とデートしないか」

「デ、デートっ？」

「急いで帰る必要もなくなったんだ。天気も良さそうだしね」

いきなりの提案に、なんと答えたらいいのかわからない。優一が思案げに言う。

「どこに行くのがいいかな。きみの希望が叶えられそうなところ……、そうだ、伊豆にある僕の別荘まで、ドライブするっていうのはどう？」

「……ドライブ、ですか？」

「そう。よければ一泊して、きみがそうしてもいいかなって思ったなら、別荘のベッドで僕とセックスするんだ。そうしたらきみは、晴れて処女喪失できる」

「っ！」

「もちろん、やっぱり無理そうだって思ったら、そこでやめておけばいい。僕はあくまできみに合わせる。どうかな。試してみない？」

秀麗な顔に人の良さそうな笑みを浮かべて、優一が訊いてくる。

水樹は当惑を隠せないまま、その顔を凝視するばかりだった。

優一が言ったように、翌日は良く晴れていた。

「すごい、どんどん青くなっていく……！」

車の助手席の窓から真っ青な海を目にして、水樹は感嘆の声を上げた。

山に囲まれた町で生まれ育ち、海水浴に出かけたのは子供の頃に数回きり、大学生になってから見た海は東京湾だけ、という水樹にとって、伊豆の海の青さは新鮮だった。

大きくカーブする道に沿ってゆったりと車を進めながら、優一が言う。

「相模湾もこのあたりまで来ると、だいぶ青が深くなるね」

「あそこに島が見えますね」

「あれは初島だよ」

「向こうのは？」

「そっちは大島。ちなみにあそこは東京都」

「え、そうなんですかっ？」

思わず上げた頓狂な声に、優一がふふ、と笑ってうなずく。

常識なのかもしれないが、東京の大学に一年と少し通っていても、地理に疎いのでよく知らなかった。

父は仕事でしか運転しないし、母は運転免許すら持っていないので、こうしてドライブするの自体も、ほとんど初めてのことだ。

優一の運転はとてもスムーズで、水樹は都心からここまで、至って快適な「ドライブデート」を満喫している。

（とりあえず、楽しい、かも……？）

昨日の優一の提案には驚いた。

だが今朝目覚めて、ホテルのラウンジでとびきり美味しい朝食をごちそうになりながら話の続きをしていたら、「処女喪失」はともかく、ドライブくらいは連れていってもらってもいいかなと思ったのだ。

といっても、そこまで熱心に説得されたわけでもない。

『今のきみにとって、僕ほど安全な相手はいないと思うね。ほとんど身内同然だし、そもそもきみに無理やり何かを強いる動機はないし、万一きみが発情してしまっても、フェロモンに煽られることもない。そこはメリットだと思うけど』

至って淡々と、街でのちょっとした買い物で条件を比較検討するときのような口調でそう言われたのが、逆にそんなものかと思えてよかったのかもしれない。

最後の一押しとなったのは、数か月日本に滞在する間の足として買ったばかりの新車で、少し遠出をしてみたいと言われたことだ。優一からしたら本当に気軽な提案なのだと思ったら、迷う必要もないのではと感じた。

(無理だって思ったら、最後までしなければいいんだから)

見知らぬ相手の言葉なら信用できなかっただろうが、優一はそういう嘘をつくタイプではないと思う。

優一と一泊することは父にも伝えてあり、了承を得ているわけで、そういう意味でも彼が安全だというのは確かだろう。

「優一さん、このあたりはよく来るんですか？」

「いや、それほどでもないな」

「え、でも別荘があるんでしょ？」

「父の持ち物だったんだ。僕は相続しただけ」

優一が言って、小さく首を横に振る。

「この十年日本にまともに帰ってなかったし、放棄してもよかったんだけどね。弁護士に丸投げっていうのも考えたけど、一応一人っ子だから、そういうわけにもいかなくて」

「そうなんですか？」

「いろいろと複雑なんだよ。父が亡くなって半年以上経ってるのに、親族もあれこれうるさいし。五年前に亡くなった母から相続した土地や物の整理もあるから、しばらくこっちにいないといけなくなった。今どきどこにいても仕事はできるし、いいんだけどね」

困ったように、優一が言う。

優一は十代で海外に出て、井坂一族とも会社ともまったくかかわりなく自分の事業をやっているらしいが、相続となったら無関係とはいかないのだろう。

水樹の両親は学生結婚で比較的早婚、水樹自身もまだ二十歳になったばかりだから、自分には先の話だとは思う。

でも水樹の兄も亡くなっているし、ほかに頼れる親戚もいない。いずれはそういうことに対処しなくてはいけない日が来るのだと思うと、少し気が重い。

何しろ今の社会制度では、しかるべきアルファに手を貸してもらわなければ、オメガの自分には手続きが難しい場面もある。

両親が水樹に熱心に見合いをすすめるのには、そういう事情もあるのだ。

「まあでも、別荘はリノベーションして家具も全部取り換えたばかりだから、行くのがちょっと楽しみだ。昼間は海を眺められるし、夜は静かで……、とても、ロマンチックなところだよ？」

「……っ……」

流し見るようにちらりとこちらに視線を向けられ、どこか艶めいた声でそう言われて、ドキリとする。

このドライブが「処女喪失」のためのデートであることを意識させられると、知らず顔が火照ってきてしまう。この人と本当にセックスをするのだろうかと、リアルに想像したりしてしまって――。

「伊豆高原あたりでランチにしよう。素敵な店を知ってるんだ。きみもきっと気に入るよ」

顔を見られぬようさりげなくそらし、窓の外に目を向けた水樹に、優一が告げる。

水樹は黙ってうなずいていた。

大室山の近くの洒落たフレンチレストランで美味しいランチを食べたあと、車は海に沿って続く道を下田のほうに進んだ。

美しい海岸が見えてきたところで道をそれ、少し急な坂を上り切ったところで、水樹の前に、目がくらみそうな白壁の家が現れた。

「わぁ、ここですかっ？」

「そう。けっこう海が近いだろう？」

高台に立つ、三階建ての欧風建築だ。

一階部分を占める高級セダンを三台ほど止められそうな広いガレージに、優一がスムーズに車を滑り込ませる。

フロントガラスから見える眼下には白い砂浜と青い海が広がり、遮るもののない空は大きく開けている。

「お、いい海風が吹いているね。気持ちいいな」

優一が言いながら、建物の側壁に沿って造られた階段を上っていく。

海を眺めながらついていき、家の中へと通されると。

見た感じ二十畳くらいはありそうな、革張りのソファとガラスのローテーブルが置かれた広いリビングと、アイランド型のキッチン。

（……すごい、広い……！）

南面はすべて窓ガラスで、空と海だけが見える。窓辺に行って外を眺めると、遠浅の海にヨットがいくつも浮かんでいた。

キッチンのほうに歩いていきながら、優一が言う。

「眺めがいいでしょ。海水浴客の喧騒からは離れているからざわついた感じはなさそうだし、夏になると花火大会を目の前で見られるらしいよ」

「花火ですか。いいですね」

海から遠いところで育ったので、海上花火大会というのに少しあこがれがある。

優一が冷蔵庫を開けて訊いてくる。

「管理人さんにいろいろ買い物を頼んでおいたんだ。何か飲む？」

「あ……、お茶とかありますか」

「あるよ。僕はビールにしようかな」

そう言って優一が、ペットボトルと缶ビールを持ってこちらにやってくる。

ビールでもよかったかなと思いながら軽く乾杯して、水樹は茶を飲んだ。

ゴクリとビールを飲んで、優一がさりげない口調で言う。

「……思ったより早く、目的地に着いてしまったね」

「っ……！」

「ふふ、そんな顔しなくても、別に今すぐ決断を迫るつもりはないから、安心して？」

おかしそうに笑って、優一が続ける。

「今日はもう酒を飲んじゃったから運転は無理だけど、もう少し日が暮れたら、海まで散歩してみるのもいいね。冷蔵庫には食材もあるし、夕食は僕が作るよ」

「優一さんが……？」

「家を出てからずっと自炊だったし、こう見えてちょっとしたものだよ？　パエリアとか、好き？」

「……好き、ですけど……、え、作れるんですかっ？」

「うん。まあ火にかけておくだけだしね、あれ」

優一がこともなげに言って、思い出したように付け加える。

「でも確か、雅樹にレシピを習ったんだよ？　実家で作ったりしてなかった？」

「あ……、そういえば、何度か」

雅樹はいわゆる「家庭的」なタイプで、母と一緒に料理をしたり、手料理を振る舞うこともあった。

優一ともそうしていたのだろうか。

(兄さんの番だったんだよな、優一さんは)

改めて考えてみるまでもなく、そういう間柄の人とセックスするというのは、かなり後ろめたさを感じることだ。

何しろ優一は、いまだに結婚指輪をしているのだし……。

「……あの、優一さん」

「なんだい?」

「その、指輪ですけど」

「ん?　これのこと?」

優一が左手を広げ、甲をこちらに向けてくる。

銀色の指輪に目を向けて、水樹は言った。

「優一さん、兄さんのこと、まだ想ってくれてるんでしょ?　なのに俺としちゃっても、いいの?」

義理の兄弟だから、ということ以前に、どういう心境なのかと気にかかり、素朴な疑問を口に出したのだが、優一は特に表情を変えるでもなく、淡々と答えた。

「僕のほうはね。夢を壊すようで悪いけど、これは虫よけ的な意味でつけてるだけだから」

「む、虫よけ？」

「でも、指輪をつけていようといまいと、雅樹への愛情はもう神様への愛みたいな大きなものになってる。僕の中でその気持ちは揺るがない」

優一がきっぱりと言って、薄い笑みを見せる。

「それに、僕も健康な成人男性だ。愛のある相手とも、ない相手とも、寝ることはあるよ。きみだって、そうしようとしていただろう？」

「それは、そうですが」

言われたことは確かにもっともだと思うのだが、どこかほんの少しだけ割り切れない。

亡くなった雅樹への愛情をそんなにも大きなものとして抱き続けてくれているのは、身内としては純粋に嬉しいのだけれど。

(大人になるって、そういうことなのかな)

悪い子になりたかった、などと言って、優一の提案に乗ってここまで来た。

でももしかしたら自分は、ただ早く大人になりたいと思っているだけなのではないかと、不意に思い至る。

割り切れなさも込みで、自分の意思で何かを選ぶこと。経験すること。

そしてときには後悔すること。

水樹にとってはきっと、それが大人になることなのだ。それなら――――。

(この人とセックスしたら、そうなれるかもしれない?)

そのために優一を利用するのだと思うと、何か少し罪悪感めいた気持ちも浮かぶ。

けれどこの機会を逃して家に帰ったら、また見合いと結婚を迫られる日常に戻るのだ。

水樹はぐっと拳を握って、震える声で告げた。

「……やっぱり今日、最後まで、したいです」

「慌てて決めなくていいよ。ゆっくり考えればいい」

「考えても、たぶん答えは同じになると思います。できるなら今すぐしてほしい。だってそのために、ここに来たんだからっ……!」

緊張で喉が渇いてくるのを感じながらも、なんとか意思を伝える。

すると優一が、小さく笑った。

「……そんなに必死になることもないと思うけどねえ」

「必死に、なんてっ」

「でも、いいよ。僕はきみの意思を尊重すると決めているからね。きみが望むとおりにしようじゃないか」

そう言って優一が、秀麗な顔に今まで見せたことのない艶麗な笑みを浮かべる。

「おいで。きみを『悪い子』にしてあげよう」

差し出された大きな手と、甘い声。

もうそれだけで、心臓が飛び出しそうなほどドキドキしてくる。

期待と甘美な戦慄を胸に、水樹は優一の手を握っていた。


「……なんか、いい匂い」

別荘の三階に上がると、ベッドルームが二つ並んでいた。

その片方、マスターベッドルームに案内されると、クイーンサイズくらいのベッドがあり、部屋の奥にはジェットバスがついた広い浴室があった。

先にシャワーを使っていいと言われたのでそうさせてもらい、用意されていたアルファ向けのオーバーサイズのバスローブを着て、一応もう一度、首を守るチョーカーをはめた。

優一と入れ代わりでベッドルームに戻ると、花のような甘い香りのルームフレグランスの匂いがしていた。

南面の大きな窓には木製のブラインドが下りていて、午後の陽光が適度に遮られている。

なんだかとてもいい雰囲気だ。

(ここで、するんだ)

恐る恐る、ベッドの縁に腰かける。

それだけでなんとも淫靡な気持ちになり、頬が熱くなるのを感じたが、ここまできたら、流れに身を任せるしかない。

いつになく落ち着かない気分で、でもかすかな期待も抱きながら待っていると、やがて浴室から優一が出てきた。

「……っ……」

アルファらしく立派な優一の体躯に、思わず目を奪われる。

水樹には大きすぎるバスローブも、彼にはぴったりだ。

広い肩や長い手足はもちろん、厚い胸や高い位置にある腰、ヒップラインから腿に至る筋肉の形まであありと見えて、わけもわからず胸が高鳴る。

誰かの体を見てこんなふうになったのは初めてだ。中学生の頃の初めての発情以来、ずっと抑制剤を飲んでいるから、発情の記憶はもはや薄れているが、アルファを見て妙にドキドキしてしまうのは、やはり自分がオメガだからなのだろうか。

「……そんな熱い目で見られたら、穴が開きそうだな」

「あっ、す、すみま、せっ」

「謝らなくたっていい。体格差があるし、怖がられたらどうしようって、ちょっとだけ心配していたんだ。熱いまなざしを向けられるくらいのほうが気楽でいいよ」

優一が言って、こちらにやってくる。

服を着て普通にしていたらそこまで気にならないのだが、バスローブ一枚で傍まで来られると、やはりアルファの彼と自分との体の大きさの違いを意識する。

でも、怖いということはない。先ほど初めて握った彼の大きな手も、この手になら自分の身を委ねてみたいと、むしろ安心感を覚えた。

水樹と並んでベッドに腰かけて、優一が言う。

「さてと。一応訊いておくけど、抑制剤は欠かさず飲んで、オメガ子宮口の保護具も、ちゃんと病院でつけてもらっているね？」

「はい」

「そうか。だったら、そのままセックスしても妊娠の可能性はほぼないと思うけど、僕のほうはゴムをつけるつもりだ。それでいいね？」

「は、はい、お願い、します」

そういう話をちゃんとしてからするのだと、また少し安心する。

優一が少し考えるように小首をかしげ、左手を見せてさらに言葉を続ける。

「あとは、これだけど」

「……？　指輪、ですか？」

「うん。さっきも言ったように、これ自体には特に意味はないんだけど、きみとしてはどう？　外すほうがいい？　それとも、このままにしておくほうがいい？」

「え、と……」

セックスするときに外すとかつけるとか、そんなことは考えてもみなかったので、急に訊かれて戸惑ってしまう。

特に意味がないのなら別にそのままでいいし、わざわざ外してもらうほうが、そこに何か特別な意味を見いだしているような感じもする。水樹は首を横に振って言った。

「そのままで、いいです。こうなったら、兄さんに見守ってもらってるんだって思うほうが、潔いような気もするし」

水樹の言葉に、優一が小さくうなずく。

「オーケー。それならこのままで。じゃあ……、まずは横になってみようか？」

「はい」

言われるまま、大きなベッドに横たわる。

枕からもいい香りがして、ふっと吸い込むとうっとりした気分になった。

優一が水樹の体をまたぐようにシーツに膝をつき、こちらを見下ろしてきたから、思わずぎゅっと目を閉じる。

かすかにベッドをきしませて、優一が言う。

「キス、してもいいかい？」

予想よりも近いところから聞こえた声。

ルームフレグランスに混じって、ほんの少しだけマリン系の香水のような匂いがする。もしやこれは、優一のフェロモンの匂いなのだろうか。

鼓動が速くなるのを感じながらうなずくと、優一の上体が水樹の身に重なってきて、口唇に温かくて柔らかいものが触れた。

「ん……」

優一の肉厚な口唇が、ちゅっと音を立てて水樹のそれに吸いつく。

キスなんてもちろん初めてだ。触れられる感触はとても優しく心地いい。彼のほうが体温が高いせいか、何度も口づけられるにつれて水樹の口唇も温かくなる。

軽く吸われるたび敏感になって、頭と体の芯が火照ってくるのがわかった。

「……嫌な感じ、しないかな？」

「しない、です」

「こうしたら、どう？」

「……！」

潤んだ舌で閉じた口唇をぬるりと舐められ、背筋をゾクリとしびれが駆け上がった。

舌は口唇よりも熱く、意思を持って動く生き物のようだ。ただ触れるだけでなく、水樹を侵食しようとしてでもいるみたいに、繰り返しちろちろとなぞられる。

たまらず口唇を緩めると、細い合わせ目に滑り込むようにして、優一の舌が口腔に入ってきた。

「……ん、んっ……」

ぬらりとした彼の舌が、水樹の歯列の裏をそっと撫でたり、舌を優しくつついたりしながら、徐々に中へと侵入してくる。

今までに経験したことのない感触に戸惑うけれど、舌を重ね合い、口唇で食まれて吸われると、互いが溶け合うような甘美な感覚に、意識が蕩けそうになる。

舌先が触れ合うだけで、体が淫らに昂ってくるのがわかった。

（これが、キ、ス……）

こうやって実際にしてみるまで、どういう感じなのかあまり想像がつかなかったが、まるで何かのスイッチがオンになったみたいだ。

こすれ合い、吸い立てられるうちに口唇も舌もどんどん敏感になっていく。

思わず優一の体にすがると、後頭部に手を添えて頭をそらされ、さらに口づけを深められた。

「ぁ、んっ……、ん、ふ……！」

口唇をぴったりとふさぐように合わせられ、舌でねろねろと上顎を舐め回されて、背筋にしびれが走る。

そうされながら髪をすかれて頭皮を指で撫でられ、バスローブの上から腿や脇腹をまさぐられて、ビクビクと腰が揺れてしまった。

この感じは知っている。体が気持ちいいときの反応だ。キスをされ、大きな手で触れられて、自分は感じてしまっているのだ。

そう気づいてますます意識が揺らぐ。頭と体の芯は熱くなって融解し始め、水樹の欲望も頭をもたげ出した。

ちゅ、と濡れた音を立ててキスをほどいて、優一が訊いてくる。

「少し息が乱れてるけど、大丈夫？」

「……は、い……」

答えた声がどこか陶然としていて、吐息交じりの声だったので、自分でも少し驚く。

バスローブの襟に触れられて胸元を少し開かれたので、こわごわ瞼を開くと、間近に優一の秀麗な顔があった。

水樹の瞳の奥を覗き込むように目線を合わせて、優一が告げる。

「甘く潤んだ目をしているね。キス、気持ちよかった？」

「う、んっ……」

「肌も上気して、とても綺麗だ」

「……ぁ……、ん、ぁ……」

チョーカーの上から喉にキスを落とされ、そのまま首筋や耳の裏、耳朶に口唇で吸いつかれて、蕩けたため息がこぼれる。

キスで劣情のスイッチを入れられた体は、とても敏感になっているようで、優一の口唇でなぞられ、軽く吸われるだけで、上体がビクンと震えてしまう。

左右の鎖骨のくぼみを舐められ、胸骨の真ん中を舌先でそっと舐め上げられると、腹の底のほうがきゅうきゅうと疼くのを感じた。

触れられもせぬままに勃ち上がった水樹自身も、バスローブの下でビンと跳ねる。

優一がまるでそれを察したかのように言う。

「……バスローブ、脱がせるよ？」

「あ……、待っ……！」

さっと帯をほどかれ、前をひらりと開かれて、かあっと頬が熱くなる。

水樹の局部に目を落として、優一が甘い声で言う。

「ふふ、きみはとても素直な体をしているね」

「や、恥ず、かしっ」

「そんなことないよ。きみのここがこうなってくれるのは、僕としては嬉しいことだ」

優一が言って、両の胸に目を向ける。

「ここも、硬くなっているね？」

「ぁ、はぁっ」

左の乳首を口唇でちゅっと吸われて、自分でも予想外の声が出た。

水樹の反応に優一が笑みを見せ、右の乳首もちゅくっと吸い立て、交互に口唇で食んでもてあそんでくる。

そのたびに水樹の喉からは上ずったため息が洩れ、背筋をゾクゾクと悦びが駆け上がる。

優一が楽しげに訊いてくる。

「ここ、気持ちいいの？」

「ん、んっ」

「こうしたら、もっといいかな？」

「あっ！　ぁあ、うう、ふうぅっ」

乳頭を舌先で舐《ねぶ》り回され、身悶えしてしまう。

愛撫されるだけで腰にしびれが走り、腹の奥が蠢動する。欲望も熱くなって、切っ先に透明液が上がってきたのがわかった。

胸が感じる場所だなんて、今まで少しも知らなかった。口唇と舌とでそこを執拗にいじりながら、優一が水樹自身にも手で触れてくる。

「ぁあ、んっ、はぁ、ああ」

二本の指の腹で幹に触れられ、優しくそっと、繰り返し撫で上げられて、ため息が洩れる。触れるか触れないかぎりぎりの、とても絶妙な指の動き。

もどかしさが逆にそこを鋭敏にするようで、水樹の鈴口からは透明な蜜がたらたらとあふれ、腹に糸を作って滴り落ちる。

乳首をさんざん舐め転がしていた舌先も、指の動きに合わせるようにスローになって、今度は唾液を絡めて丁寧になぞり上げてきた。

「は、ぁ……、ゆ、ぃち、さ……」

甘く優しく、とろ火で炙られるみたいに触れられて、泣きそうな声が出る。

水樹も年頃の男だから、自分で自分を慰めることもたまにはある。そういうときは、ただ終わりへと向かうためだけの拙速な触れ方しかしない。

でも優一の愛撫の仕方は、焦らずじわじわと、水樹が熟していくのを待ってでもいるみたいに、ひたすら繊細に触れてくる。自分ではとてもできない触れ方だ。

もっと強くこすって、そのまま達《い》かせてほしいという気持ち。

じっくり潮が満ちてくるような悦びの高まりに、このままずっと浸っていたい気持ち。

そのどちらも甘美な誘惑で、選びがたいものであることを、優一はわかっていて、淡い刺激を与えてくる。

揺れ動き、焦れる欲望に翻弄されて、なんだかだんだん恍惚となってくる。

「……水樹の乳首、ぷっくり熟れて、ベリーの実みたいになったね？」

優一が顔を上げて言う。

「こっちは蜜をたっぷりこぼしてる。ほら、わかるかい？」

「あ、あっ！　ふ、ぅ、う……っ」

水樹自身の切っ先から滴る透明液を、優一が指ですくい取って幹のほうに絡めてくる。指の滑りがなめらかになって、くちゅ、と濡れた音が立ち始めたから、羞恥で頭が熱くなったけれど、厚い手のひらと指の腹とで柔らかくしごかれ、絞り上げられる感触がたまらなく気持ちよくて、知らず腰が揺れる。

その様子を眺めて、優一が訊いてくる。

「気持ち、いいかい？」

「ぅ、ん」

「素直で可愛いよ、水樹。もっと感じてごらん」

「は、あっ、ぁあ……！」

指の動きを速められ、腹の底がずくんと震える。胸にもまた口づけられ、果実みたいに熟れた突起を舌で転がされた。

先ほどよりも少し強い刺激に、上体がうねうねと動くのを止められない。

胸で感じる悦びは腹の奥のほうとつながっているのか、後孔の内奥、オメガ子宮のあるあたりもかすかにヒクつくのを感じる。

透明な蜜で濡れた欲望を手でくちゅくちゅといじる動きに合わせて、硬くなった乳首を舌でつぶされたり、口唇でちゅくちゅくと吸い立てたりされて、徐々に放出の予感に下腹部が沸き立ってきた。

もうこのまま、達きたい。達かせてほしい。

水樹は身悶えながら哀願した。

「あ、ああっ、優一、さんっ、もうっ」

「達きたくなってきた？」

「う、ぅんっ」

「いいよ。このまま気持ちよく達ってごらん」

「はあっ、ああっ、あああっ……！」

欲望をしごく指をきゅっと絞られ、乳首に軽く歯を立てて甘噛みされた途端、全身にビリッと電流が走ったみたいになって、腹の底で欲望が爆ぜた。

水樹の鈴口からはビュクッ、ビュクッと勢いよく白蜜が吐き出され、そのたびに体がビクンビクンと大きく跳ねる。

いつになく深く、鮮烈な快感。

射精という現象は変わらないはずなのに、優一に導かれて達した頂は、自分でするのとは比べものにならないくらい高かった。

誰かに触れられて達するのが、こんなにも気持ちいいなんて。

「ふふ、たくさん出たね」

優一が言って、白蜜で濡れた指を舌で舐める。

「人にこれをしてもらったのも、初めて？」

「は、い」

「そうか。じゃあきみの達き顔が可愛いって知っているのは、僕だけってことか」

なぜだか少し嬉しそうに言って、優一が体を起こす。

優一のバスローブが乱れ、厚い胸板が覗いているのが、どうしてかたまらなくセクシーに見え、水樹はゾクリと震えた。

もっと触れて、気持ちよくほしい。誰も開いたことのないこの体の中に入ってきて、圧倒的な存在感でかき乱してほしい――――。

まるでオメガの本能が目覚めでもしたかのように、腹の底から激しい渇望が湧き上がってくる。それを感じ取ったのか、優一が慈しむみたいな目をして訊いてくる。

「訊くまでもなさそうだけど、このまま続けても、いいかい？」

「……は、い……」

「オーケー。じゃあ、膝を曲げて脚を開いてごらん」

達してしまったせいか、恥ずかしい気持ちは薄れていたから、言われるまま脚を開く。水樹のあわいに優一がそっと指を滑らせる。

「……っ、ぁ」

誰かにそこに触れられたのも、オメガ子宮口の保護具を取りつけてくれた医師を除けば初めてだ。窄まりはきゅっと閉じていたが、優一が指の腹で優しくなぞると、柔襞が徐々にほころんでくる。

まるで花の蕾が開くように。

「きみのここ、もう、少し潤んでいるね」

「潤ん、で……？」

「オメガとしては当然の反応だけど、襞も柔らかくほどけて、ほら」

「あっ！」

指の先をつぷりと沈められ、びくりとする。

今まで感じたことのない異物感にひやりとするが、優一がゆっくりと指を出し入れするにつれ窄まりがほどけていくのがわかる。雄を受け入れるためにか、中は確かに潤っているようで、指は次第に違和感なく中に沈み込むようになってきた。

優一がうなずいて言う。

「きみはここもとても素直だね。こうしても、痛かったりはしないだろう？」

「あ、ぁっ、んん、う」

内筒を優しくかき混ぜるみたいに、優一が挿し入れた指をゆるゆると回す。

痛みなどはまったくないし、それどころか肉の壁をかすめるかすかな刺激を感じるたび、悦びが兆す感覚がある。

優一が指を、今度は二本揃えて中に挿《い》れてくる。

「んっ」

「きつい？」

「す、こし」

「じゃあ、ローションを足そうか」

そう言って優一が一度指を引き抜き、ベッドサイドテーブルの引き出しを開けて中から小さなボトルを取り出す。

中身を手に出し、指を握ってなじませて、また水樹の秘所に触れる。

「あ、ぅ、ふ……」

ローションのおかげか、二本の指を挿れられてまさぐられても、中や窄まりがきつい感じはしない。

少しずつローションを注ぎ足しながら、肉筒をほどくようにゆっくりと指を出し入れされると、自分が開かれていくのをまざまざと感じて、かすかなおののきを覚えた。

自分のそこにアルファの巨大な生殖器を挿入されるのだと思うと、やはり少しばかり怖い気持ちになってきて……。

「……ぁ、んっ」

「おや、ここがいい？」

「ふ、あっ、ぁあっ」

内腔の前壁を二本の指の腹で撫でるように出し入れされた途端、腰がしびれて大きく浮き上がった。

そこには何かくぼみ状のところがあって、なぞられるだけで背筋を鮮烈な快感が駆け上がる。

驚いて目を見開いて優一を見つめると、彼がどこか淫靡な笑みを見せて言った。

「きみのいい場所はここだね。こうすると、すごくいいだろう？」

「ひっ、ああっ、ゃ、そ、こっ、あああ」

感じる一点を指でくにゅくにゅといじり回され、腰が恥ずかしく跳ねる。

胸が感じることも今日初めて知ったのだが、自分の体の中にそんな場所があるなんて今の今まで知りもしなかった。

触られるだけで何も考えられなくなるくらい気持ちよくて、先ほど達したばかりの水樹自身が、またぬらぬらと透明な蜜をこぼし始める。そればかりでなく、腹の底のほうがふつふつと沸き立って、射精感が募り始めた。

「は、ぁあっ、ゆ、いち、さんっ」

「達きそうなのかな？」

「んんっ」

「じゃあ、ここで達ってみようか」

「ここで、って……？　ひあっ！　ああっ、あぁ――――」

どういうことなのかと確かめる間もなく、全身を悦びの波で覆い尽くされ、ビクビクと身が震える。

先ほどよりも強い、さらなる悦びの高みへとはね上げられたみたいな絶頂。

欲望には少しも触れられていないのに、水樹の切っ先からはまた白蜜がトクトクとあふれ、腹に流れ落ちてくる。中から押し出されたような、不思議な感覚だ。

悦びに浸りながらも当惑している水樹に、優一が優しく言う。

「僕の指だけで、中で達けたね。これも初めてかな？」

「なか、で……？」

自分の体がそんなふうになるなんて知らなかったので、これにも驚くほかない。

優一が笑みを見せてうなずく。

「きみの後ろ、もう十分にほどけてるよ。これなら先に進めそうだ」

「あ……」

優一に後ろから指を引き抜かれて、思いがけず切ないため息がこぼれる。

まるでそこにもっと触れてほしいのにと、体が求めているみたいだ。優一が察したように、甘い声で言う。

「きみは本当に素直ないい体をしている。きみの初めての相手になれて、僕は光栄だよ」

「……っ……！」

優一がバスローブの帯をほどき、前を緩めたので、思わず息をのんでしまう。

先ほどから覗いていた厚い胸板と、鍛えられた腹筋。

そしてさらに下にある、そそり立つ剛直。その付け根には、アルファだけが持っている、丸くて大きなこぶがある。

抱き合ったオメガを確実に懐妊させられるよう、交合の際に結合部を封じる亀頭球だ。

グロテスクですらあるその形状に、かすかな戦慄を覚えるけれど。

（あれが、俺の中に……）

そう思うだけで、不思議と腹の奥のほうがきゅっと疼く。

もしかしてこれは、オメガの本能なのか。

「最後まで、してもいいかい？」

最終確認というよりは、どこか請うような声音で、優一が訊いてくる。

コクリとうなずいたら、優一がこちらに身を寄せ、ちゅっと額に口づけてきた。

彼がもう一度体を起こすと、その手には四角い包み――コンドームがあった。

「なるべくリラックスして、体に余計な力が入らないようにしていてね？」

彼自身にコンドームを装着し、幹に先ほどのローションを施しながら、優一が言う。

リラックス、というのはなかなか難しそうではあるが、彼にすべて委ねるほかない。

少し浅くなった呼吸を落ち着かせようと懸命になっていると、優一が水樹の両脚を抱え、その間に腰を入れてきた。

水樹の後ろに雄の切っ先を押し当てて、優一が告げる。

「きみの中に入るよ？」

「……っ、ぁ……！」

ぐり、とめり込むようにして、彼の先端が水樹の中に入ってくる。

とても硬くて熱い、杭のようなもので貫かれたみたいな感覚に、ぶるぶると体が震える。

こんなにも大きなものを受け入れて、体は大丈夫なのかと、怖くなってきてしまう。

「……震えているね。痛い？」

「痛、くはっ……、でも、怖、くてっ」

「大丈夫だよ。きみのここは僕を柔らかく受け止めてくれてる。息をゆっくり吐いて、落ち着いてごらん」

「い、きを」

言われるまま、ふう、と息を吐いて、また吸い込む。

すると優一が、それに合わせるように腰を少しずつ動かして、じわりじわりと彼を水樹の中に沈めてきた。

「あ、ぁ……！」

(すごく、大きい……っ)

みっしりとした肉の杭が、水樹の初めての体をしたたかに貫いてくる。

丁寧にほどかれ、ローションも施されているためか、痛みなどはないけれど、そのボリュームはすさまじい。

体の中に他者が入り込んでくるという点ではまぎれもなく暴力であるし、アルファとオメガとの体格差も考えると、今の状況は恐怖以外の何ものでもない。世の中の人たちはみんなこんなことをやっているのかと、子供みたいな驚きを感じてしまう。

これが気持ちのいいことにつながるとは、とても思えないのだが……。

「……ひ、ぅっ！」

「ここ、好きだね？」

「あっ、あ！　ゃ、ぐりぐり、しちゃっ……！」

先ほど指でこすられて達してしまったところを、今度は肉杭でぐりっと抉られて、腰がビクビクと恥ずかしく跳ねる。

指よりも硬く太い熱棒でそこをなぞられると、挿入の甘苦しさも体に侵入される恐怖も、一気に吹き飛ぶほどの鮮烈な快感が走る。

先ほど中で達したときの感覚が甦ってきたのか、内腔にはじわりと蜜がにじみ出てきて、優一にとろりと絡みついていくのがわかった。

どうやら心配しなくても、水樹のオメガの体は、巨大なアルファ生殖器を受け入れているみたいだ。やがて優一が腰を揺すり上げ、ふう、と息を一つ吐いた。

「……全部きみの中に入ったよ、水樹。おなかの奥のほうまで、僕を感じるだろう？」

「は、いっ」

「ふふ、きみの中、ヒクヒクしてる。まだきついから、けっこうこたえるね」

優一が言って、わずかに眉根を寄せる。

何やら悩ましげなその表情に、どうしてかドキドキさせられる。

優一はいつも鷹揚で落ち着いていて、何かに動じる姿なんて想像もできないのだけれど、こういうときは違う表情を見せてくれたりするのだろうか。

大人のアルファの男性がセックスのときにどんなふうになるのか、それを間近で見られるのだと思うと、知らず胸が高鳴ってきて……。

「動くよ、水樹」

「……ふ、ぁ、ああっ……！」

ズクリ、ズクリと、体の中を熱い楔が行き来する。

自分とは異なる存在が体内に侵入し、肉の壁をこすり立てながら動いているのをまざまざと感じ、体が冷たい汗で濡れる。

今までに味わったことのない感覚。体中が震え、水樹の胸にまた恐怖心が湧き上がってくる。

思わず怖いと叫びそうになったところで、優一が気づかうように声をかけてきた。

「落ち着いて、水樹。何も怖くはないよ」

「っ……」

「僕を見て。きみを心から愛している『恋人』に、抱かれているんだって、思ってごらん」

「こ、い、びと」

「そう。僕はきみの恋人だ。『愛してる』、水樹。愛してる……」

「……ふ、ぁっ、ぁ、あっ」

身を揺さぶられながら、甘く、どこか切ない声音で何度も告げられて、うなじのあたりにチリチリとしびれたような感覚が走る。

今まで誰かに愛を告げられたことはなかったし、そう言われても現実感はまるでないのだけれど、優一の言葉はまるで呪文みたいに水樹の鼓膜を愛撫し、音と意味とで水樹の恐れをほぐしてくる。

震えながら見上げると、慈しむように水樹を見つめる優一の切れ長の目にとらえられた。

もう一度、包み込むみたいな優しい声で、優一が告げる。

「きみを愛してる。どうか僕の愛を、受け止めて？」

「あ、ぅうっ」

言葉とともに、ズンと深く身を突き上げられて、小さくあえいだ。

体を侵食される感覚は、まだ残っている。

けれど優一の目と言葉とが水樹の恐怖心を解かしたのか、中がほんの少し緩んで、彼を受け止められるようになったみたいだ。

水樹の深いところまで剛直を沈め、ゆっくりと引き抜いて、またずぶりとはめ戻して。

優一の動きが、徐々に寄せては返す波のように感じられる。

これならもう怖くないと、ふと安堵した、その途端。

「やっぱりここがいい？　こうしたら、いいかな？」

「あぁっ、んぅっ、はあ、あぁっ」

先ほど指でなぞられて達した場所を雄で優しく撫でられて、背筋を快感が駆け上がる。

そこはまるで快楽の泉みたいだ。指よりもずっと硬くて大きな肉杭でこすられ、チカチカと視界が明滅するほど感じさせられる。

知らず腰を浮かせると、優一が水樹の脚を抱え上げ、切っ先で感じる場所を優しく何度もこすってきた。そのたびに悦びが全身を駆け抜け、水樹の喉からあん、あん、とはしたない声がこぼれる。

「ああ、また蜜があふれてきた。中、気持ちいいんだね？」

水樹自身が触れられもせず濁った蜜を洩らしているのを認めて、優一がどこか濡れた声で言う。

「……あ、あっ！」

「よかった。もう怖くないね？」

「ゆ、いち、さっ」

「可愛いよ、水樹。もっと、気持ちよくなって……！」

「ああっ、ああっ、はああっ」

抽挿のピッチを上げられ、あられもない声で叫んでしまう。

感じる一点をこすられると強い快感が広がるが、気持ちがいいのはそこだけではないみたいだ。硬く大きな楔を抜き差しされて内筒全体が甘く潤み、ヒクヒクと蠢動して幹に吸いついていくのを感じる。

とろとろに蕩けた肉襞が、張り出した優一の頭の部分でまくり上げられるたび、ゾクゾクするほど凄絶な悦びが腹の底に満ちて、水樹の意識を揺さぶってくる。

あまりにも気持ちが良すぎて、わけがわからなくなりそうだ。

「はうう、ぁあっ、ぃ、いっ、気持ち、ぃいっ」

「そうみたいだね。きみが絡みついてきて、僕もすごくいいよ」

「あんっ、ああ、ひっ、ぁああ！」

優一がかすかに息を乱しながら、腰をしなやかにしならせる。

抜き差しする動きに、大きくかき回すみたいな動きが加わって、中をたっぷりとこすり上げられる。優一も快感を覚えているのか動くたび吐息が洩れ、彼自体も嵩を増す。

やがて後ろに熱いものが触れ始めたから、水樹はおののきを覚えた。

これはおそらく、彼の亀頭球だ。自分がアルファの肉杭をすべて受け止め、快楽に溺れそうになっていることをまざまざと感じ、腹の奥で大きな波が爆ぜそうな気配がしてくる。

「は、ぁあっ、達、ちゃう、また、達っちゃう、からぁ」

「いいよ。このまま達ってごらんっ」

「ああっ、ああっ、あああッ————！」

裏返った声で叫びながら、水樹は頂を極めた。

水樹自身の切っ先からは白蜜がトクトクとあふれ、後ろはきゅうきゅうと収縮して、動きを止めた優一を締めつける。

苦しげに眉根を寄せて、優一が言う。

「ふふ、僕のものでも達けたね？　初めてなのにきみはすごく感度がいい」

「う、うっ」

「処女喪失おめでとう。今日からきみも『悪い子』の仲間入りだね？」

からかうような、でも甘く優しい声音。

絶頂の余韻に震えながら、水樹はその言葉を反芻していた。


『————ええ、そうです。あの屋敷を、思い切って改装しようと思っていて』

耳に届いた優一の快活な声に、水樹は目を覚ました。

とてもいい香りのする寝具。部屋の明るさからすると、朝だろうか。

昨日は優一の別荘に泊まって、彼と初めてのセックスを経験したのだったと思い出す。

広いベッドの隣には、優一はいなかった。

だが目線をその先に向けると、マスターベッドルームの窓辺に、こちらに背を向けて立っている優一のワイシャツを着た背中が見えた。

携帯電話で誰かと通話しているようだ。

「はい、日本にいる間に開業まですませて、軌道に乗せてしまいたいんです。それで、できれば水樹を学生アルバイトとして雇いたいと思っていまして」

（……っ？）

突然自分の名前が出てきたので驚く。しかも学生アルバイトだなんて、いったいなんの話をしているのだろう。

『それなんですけど、実はマンションを買うつもりで物件を探していたんです。僕がそこで面倒を見ますから、水樹に東京暮らしをさせてやってもらえませんか？』

「ええっ……？」

電話の相手は父だろうとわかったが、思いも寄らない話に頓狂な声を発してしまう。

優一がこちらを振り返って、笑みを見せて言う。

「そうですか！　いえ、こちらもとても助かります。では細かい話はまたのちほど。はい、失礼します」

優一が通話を切って、意味ありげにこちらを見つめる。もしかして、父から良い返事をもらえた……？

「聞いてた？」

「え、と、半分くらいは。俺、東京暮らしができるんですか？　学生バイトっていうのは……？」

「まだしばらくは日本にいる予定だから、その間に都心に飲食店を開業しようと思っていてね。重厚な建物を使う予定なんだけど、できればスタッフは若い人にお願いして、気軽な雰囲気の店にしたいなって」

楽しげに笑って、優一が言う。

「きみ、アルバイトしたことないっていうから、ちょうどいいかなと。住まいは僕と同居ならってことで、お義父さんも許可してくれた。実は四谷にいい物件を見つけたんだよ」

「四谷……、大学まで歩いていけるじゃないですか！」

そんな便利な立地に住めるなんて、まさか思いもしなかった。

何しろ実家から毎日新幹線通学で、友達との学生らしい付き合いもほとんどできなかったのだ。急に目の前の世界が大きく開けた気がして、知らずワクワクしてしまう。

するとは優一が、こちらに戻ってきてベッドに腰かけ、まじまじと顔を見つめて訊いてきた。

「水樹、どこも具合は悪くないかい？」

「え。た、たぶん？」

「ちょっと、起き上がってごらん」

「はい……？　ええと……、ぅ、うわっ」

体を起こしてみたら、腰に甘苦しい鈍痛が走ったので、またベッドに横たわる。

優一が気づかうように言う。

「昨日、きみはけっこう乱れちゃったから、腰にきてるみたいだね」

「み、だっ……、れてました、俺？」

「うん。それで疲れちゃって、夕食もそこそこに寝ちゃったでしょ？」

そう言われて、かあっと顔が熱くなる。

昨日は初めて優一に抱かれたあと、彼がパエリアを作ってくれている間にベッドで眠ってしまった。

夜に目覚めてから少し食べたものの、途中で子供みたいに舟をこぎ始めたので、優一に強制的にベッドに戻されたのだった。

明日また温め直せば美味しく食べられるよ、と言ってはくれたけれど、とても美味しいパエリアだったから、ちゃんと出来たてを食べたかったたし、食事の途中で眠気に勝てなくなるなんて、今思い返すといたたまれない。

初めてのセックスでそこまで乱れてしまったことも、思い出すととてつもなく恥ずかしくなってくるのだが……。

「昨日の水樹はとても素敵だったよ」

「っ……」

「きみとしてはどうだったかな、初めてのセックスは？　よかったら、感想を聞かせてほしいんだけど」

「か、感想、ですかっ？」

あまりにもストレートに訊ねられ、動揺してしまう。

昨日はセックスの途中で、なんだかわけがわからなくなってしまって、乱れていたと言われてもどういう感じだったか、正直よく思い出せない。

でもとても気持ちよかったのは確かだ。水樹はおずおずと言った。

「よかった、です、とっても」

「本当かい？」

「はい、その……、お相手をしてくださって、ありがとう、ございました」

お相手と言うのも礼を言うのもおかしな感じだが、ほかになんと伝えていいのかわからずそう言うと、優一が一瞬目を丸くして、それから声を立てて笑った。

「ははは、水樹、きみって本当にいい子だね！　おかしいな、悪い子にしてあげるはずだったのに！」

優一が、楽しげな目をしてこちらを見つめる。

「でもまあそれは、これからいくらでもできるからね」

「え……」

「だって同居するんだし。恋人ごっこでも同棲ごっこでも、なんなら新婚ごっこでも、悪いことはなんでもできるじゃないか」

優一の言葉にドキリとする。突如決まったドライブデートで処女喪失、というプランに乗ってここまで来たが、そういえば元々はそういう話の流れだった。

そっと水樹の手を取って、優一が言う。

「きみは確か、こう言っていたよね？　どうせ誰か親の決めた人と結婚するなら、その前にごっこでいいから、恋愛してみたい、って？」

「い、言いましたけど」

「じゃあそれ、やってみようよ。処女喪失を優先したから順番が逆になっちゃったけど、僕はきみの恋愛ごっこの相手になるつもりも、あるんだよ？」

優一がそう言って、水樹の手を持ち上げ、甲にちゅっと口づける。

思わぬ言葉とキスに戸惑って、まじまじと顔を見る。

自分で言ってはみたが、「恋愛ごっこ」というのはいったいどういう行為のことを意味しているのか、正直ピンとこない。しかも優一は、同棲ごっことか新婚ごっことかさらなる別の展開まで口にしている。

真面目に受け取っていいのか、それとも……？

「それとね、これは僕のアルファとしての意見なんだけど」

優一が真剣な顔で言う。

「きみ、オメガとしてとても性愛の素質があると思うんだ」

「な、んっ？」

「体の感度とか柔軟性とか、行為を楽しむ積極性だとか。そういうものがとても高いと僕は感じたよ」

「俺……、そんなでした？」

「うん。きみは若いし、そんなふうに言われると恥ずかしいかもしれないけど、そういうことは、どれもオメガとしての自分を肯定的にとらえて心健やかに生きる上では、大切な要素だ。

将来アルファと結婚して子供を産むつもりがあるなら、なおさらね」

そう言って優一が、こちらに身を乗り出してくる。

「だから僕は一人のアルファとして、もちろん義兄としても、きみをもっと開発して、オメガとして開花させてあげたいと思ったんだ。きみさえよければだけど……、どうかな？」

「かい、はつって」

まさかそんなことを言われるとは思わなかったので、思わず言葉を失う。

オメガは従順でおとなしく、親の言うことをよく聞いて、将来的にはアルファの庇護を受けるもの。

オメガはこう、という周りからの押しつけに反発してはいても、実際にはその程度の認識しかなかったので、性愛の素質があるだなんて、淫乱だと言われているみたいな気分にならなくもない。

義兄として、というのもそれはそれでどうなのかと思う。

でも――――。

(兄さんは、赤ちゃんを産む前に死んじゃったんだよな)

そのことを優一がどう考えているのかはわからないし、さすがにそれを訊ねたりはできない。

でも、オメガのパートナーがいたが子供はいない優一が、身内同然のアルファとして水樹を見て開発したいなどと思うのなら、それは純粋な善意なのかもしれない。

水樹にしても、子供を産んでみたいという素朴な欲はあるのだ。

そしてもちろん、もっと「悪い子」になりたいという気持ちも。

「優一さん……」

「ん？」

「俺まだぜんぜん、悪い子には、なれてないですよね？」

「うん、そうだね」

「あの……、同居とかバイトとか、いろいろ提案してもらって、俺、それだけでも感謝してるんですけど、そのっ……」

「ほらほら、またいい子になってるよ？　まあ、きみはそこが可愛いんだけど」

優一がくすくすと笑いながら言って、またいたずらっぽい表情を見せて続ける。

「いいよ。僕から訊いてあげる。水樹は僕と恋愛ごっこ、したいかい？」

「っ……、し、したい、ですっ」

「わかった。じゃあ、今から恋人同士みたいに過ごそう。そして僕は、きみをオメガとして花開かせる。それでいいね？」

「はい……、あっ、お、お願い、しますっ」

思わず真面目にそう言うと、優一がまた噴き出しそうな顔をしたが、どうにかこらえて請け合うように言葉を返す。

「お任せあれ。僕と悪いこと、いっぱいしようね」

優一の言葉に、また頬が熱くなる。甘い期待を胸に、水樹はうなずいていた。

◆
◆
◆

「はい、じゃあ皿洗いは任せたよ。ちょうど届いてたからこれ、つけてみようか？」

「なっ……！　なんですかこれっ？」

「見てのとおり、なんの変哲もないエプロンだ」

「いやいやいや、ふりっふりじゃないですか！　どこで見つけてくるんですかこういうの！」

優一と初めてのセックスを経験してから、はやひと月。

水樹は優一が購入した四谷のマンションで彼と暮らしながら、毎日大学に通っていた。

優一が大学生活を優先するようにと言ってくれているので、友達付き合いにも時間を取れるようになり、以前よりも学生らしく過ごしている。

だが同居してしばらく経つと、さすがに家のことを何もしないでいるのは気が引けたので、水樹は家事の分担を申し出た。

夕食のあと皿洗いをするのが水樹の役割に決まり、水樹専用のエプロンを買っておいてくれたと聞いてはいたが、まさかこんな、フリルたっぷりのピンクのエプロンだとは思わなかった。

至って涼しい顔をして、優一が言う。

「とあるサイトを見ていたら見つけたんだよ。それで、新婚さんごっこにちょうどいいかなと思って」

「新婚さんごっこ……、ほんとに、やるんですか……？」

ここで暮らし始めてから、優一とは同じベッドで眠り、何度か抱き合っている。

恋人同士みたいに過ごそうということになっているので、なんとなく同棲を始めた恋人っぽいムードだったのだが、次は新婚カップル風、ということか。

「だとしても、それ、普通のエプロンでもできますよねっ？」

「それだといまいち盛り上がらないかなって。遊びは全力でやったほうが面白いに決まってるしね。それにきみには、僕のお気に入りのパスタ皿を割った罪がある。そんなに抵抗があるなら、むしろ罰ゲームとしてつけてもらおうかな？」

「う……」

皿洗いをし始めて早々に、水樹は何枚か皿を割った。今までろくに家事をしたことがなかったので、洗っているときにうっかりつるっと手を滑らせたのだ。

でもそれは氷山の一角で、実家を出てみたら想像以上に家事能力が壊滅的なのがわかって、実際は皿洗い以外の家事も、優一に駄目出しされながら学ぶ日々だった。

そんな自分には、彼が選んだふりふりエプロンを拒否する権利などないのかも……。

「……わかりましたよ、つけますよ……」

しぶしぶながらもそう言って身にまとうと、優一がうんうんとうなずいて言った。

「ほら、思ったとおりだ。すごく可愛いじゃないか！」

「可愛い、とかっ」

「さあ、張り切って皿を洗おう。親元を出て『悪い子』を目指すきみには、ほかにもたくさんの家事が待っているからね！」

優一が軽く言って、冷蔵庫から缶ビールを取り出し、お先に、と告げて飲みながらリビングへと歩いていく。

「悪い子」は、家事なんてやらないいんじゃないのか――――。

そんなひねくれたことを思わなくもないが、家政婦を雇えるようなお金持ちでもなければ、自分でできないと困るのは確かだ。

(優一さんだって兄さんだって、二十歳の頃にはなんでもできていたんだもんな)

優一は高校を出てすぐアメリカに渡って、アルバイトをしながら大学に通ったり起業したり、自力でなんでもこなしていたのだ。

雅樹は元々母の手伝いをするのが好きだったし、料理だって得意だったから、今になって自分と比べてみるとちょっとへこみそうになる。

口には出さないが、優一も水樹の家事能力はちょっとあんまりだと感じている節があるし……。

「……お、綺麗に洗えるようになってきたじゃないか。これもあったよ」

なるべく丁寧に、と思いながら皿洗いをしていると、リビングのテーブルの上に水樹が置き忘れていたグラスを、優一が流しまで持ってきた。

それも綺麗に洗い、教えてもらったとおりに生ごみの処理も終えると、優一がうなずいて言った。

「よくできました。ここへ来たときとは見違えるほどだね!」

「そう言ってもらえると、ありがたいですけど……。俺だって、いつまでも箱入りじゃいられないですからね」

「ふふ、けっこう気にしてたんだ、あれ？」

優一がおかしそうに言って、少し考えるように黙ってから続ける。

「でも、きみはそれだけ両親に守られてきたんだとも言える。鬱陶しく感じていたかもしれないけど、きみのご両親は基本的には善良な人たちだと思うよ？」

（善良な人たち、か……）

親にあれこれ反発を覚えていても、それはそうだと水樹も思う。少しばかり常識にとらわれすぎているというだけで、悪い親ではまったくないし……。

「まあ、そういうことはおいおいわかってくることだ。きみはきみのペースで世の中を理解すればいいんだよ。少しずつ、悪いこともしながらね」

優一が言って、調理台にビールの缶を置く。

「さて、上手に皿が洗えたきみには、ご褒美をあげないとね？」

「ご褒美？」

「そう。それでなくても世の夫は、こんな可愛いエプロンをつけて皿洗いを頑張る新妻を見たら、可愛がりたくてたまらないはずだからね！」

「新妻って……！　んんっ？」

シンクの前でくるりと体を反転させられ、そのまま体を抱かれて口づけられたから、思わず目を見開く。

遊びは全力で、と言われても、新妻だなんて言われるのは恥ずかしいし、ごっこ遊びにしてもちょっとベタすぎる。やりすぎては盛り上がりも何もないのではと、そう思ったのだけれど。

「ん、ンっ、ふ」

キスをしながらシャツをめくられ、中に滑り込んできた手で肌を撫でられて、ビクンと背筋が震える。

ベッド以外の場所でいい雰囲気になったのは初めてだ。もしかして、新婚カップルだと普通にあるのか。戸惑いつつもその可能性について考えていると、優一がエプロンの下に手を入れて、水樹のデニムのボタンに指をかけてきた。

「……ん、ぁっ、ちょ、優一さんっ？」

手際よく前を開かれ、下着の上から局部をなぞられたので、驚いて声を発した。

そこがかすかに頭をもたげているのを確かめて、優一が言う。

「きみのここも、ご褒美を欲しがっているみたいだけど？」

「そ、んなのっ、優一さんが、触る、からでっ」

「そう？　僕のせいかな？」

「ん、んっ、ぁあ……」

勃ち上がり始めた欲望を、下着の上から形のとおりに指でなぞられて、そこはますます反応してしまう。

人に触れられるようになって、水樹の体は今までよりも敏感になったみたいだ。そのままた口唇を合わせられ、口腔を舌で舐り回されたら、優一の手の中の水樹自身はすぐにはち切れそうなほど大きくなった。

ちゅ、と濡れた音を立てて口唇を離して、優一が言う。

「ふふ、ほんとだ。どうやらこれは、僕のせいだね」

「ゆ、いち、さっ……」

「こんなに硬くなってしまって、苦しいよね？　責任を取って静めてあげよう」

「っ……？」

優一がさっと屈み、エプロンの下に頭を入れたと思ったら、下着ごとズボンを下ろしたので、ぎょっとして身をすくめる。

まさか、と思っていたら、水樹自身が何か温かいものに包まれ、ちゅぷちゅぷと音を立ててこすられ始めたから、水樹は驚いて叫んだ。

「ちょ、待っ……！　何、やってっ……」

キッチンでふりふりなエプロンをつけて、立ったままフェラチオをされている。状況をはっきりと認識して、顔から火が出そうになった。

まるでポルノ映画のワンシーンのような——と言ってもそんなものは実際に見たことがないのだが——エロティックすぎる行為に、くらくらしてしまう。

(これも、ごっこ、遊びっ……?)

新婚さんごっこだと言ってこのエプロンを着せられたのだから、これはその続きなわけだ。「新妻を見て興奮した夫がたまらず淫猥な行いに及んでしまった」的なシチュエーションなら、確かに新婚カップルにはありそうだともいえる。

とはいえこんな破廉恥な行為は初めてで、恥ずかしくてたまらない。水樹は首を横に振って言った。

「うう、ゆ、いちさんっ、こ、なっ、ことっ……、あっ、ああっ」

抗いを言葉にしようとしたが、喉の奥まで己を含まれ、幹の裏に舌を押し当ててきつく吸い立てられて、膝がガクガクと震える。

水樹の快楽の芯は優一にしっかりととらえられていて、逃れることもできず感じさせられる。誰が見ているわけでもないが、こんないやらしいことは良くないのではと、そう考えそうになるものの……。

『きみを「悪い子」にしてあげよう』

優一の甘い声音が、また耳に甦る。

よくよく考えてみれば、こういう不埒な行為こそ「悪いこと」なのではないか。キッチンで立ったまま欲望を舐められ、悦びに浸って我を忘れてしまうなんて、まさに「悪い子」そのものだと言えなくもない。

ふとそう思い至ったら、抵抗がすっと薄れていくのがわかった。

何より優一の口淫が気持ちよすぎて、次第に物が考えられなくなってくる。

「あ、ぁっ！　そ、なっ、され、たらっ……！」

口唇を窄めて大きな動きで幹をこすり立てられ、下腹部がジュッと熱くなる。

これをご褒美だと言った優一は、ある意味とても正しい。水樹の体は今や悦びであふれ、身も心も行為に耽溺して、淫らな自分になっていく。

この素晴らしい快楽を与えてくれる優一は、ピンクのふりふりエプロンの下で、今どんな顔をしているのだろう。

息づかいは乱れていないように感じるが、彼はあくまで冷静なのか。水樹が身悶えるのを喜び、その様子を「恋人」や「夫」のように楽しんでいるのか。

快楽に酔いながらそんなことを想像していたら、あっという間に射精感が募ってきた。

冷たいシンクの縁に手をかけて身をのけぞらせながら、水樹はあえいだ。

「あぅうっ、ふうっ、優一、さんっ、俺もぅ、達っちゃい、そうっ……」

状況を告げても、優一は水樹を舐るのをやめない。こらえようにもすでに限界を超えていて、彼の舌と口唇の動きに導かれるように、水樹の中で熱が爆ぜて――――。

「あっ……、ぁ……！」

優一の熱い口腔に、はしたなく蜜を吐き出す。

そんなことをしたのももちろん初めてだ。

でも罪悪感などはなく、今までしたことのない淫猥な行為を初めてやってみた解放感で、胸が震えてくる。「悪い子」になるというのは、なんと甘美なのだろう。

「……ご褒美、気に入ってもらえたみたいだね」

優一がエプロンの下から顔を出し、口唇を指で拭いながらこちらを見つめて言う。

「きみのそういう顔、とても素敵だよ？」

自分が今どんな顔をしているのか、鏡で見せられたら卒倒しそうだが、そう言われて悪い気はしない。

もっとたくさん、悪いことを覚えたい。優一の目を見つめ返しながら、水樹はそう思っていた。

そんな日々を過ごしていた、ある週末の午後のこと。

水樹は優一と、外堀通りを赤坂方面に向かっててくてくと散歩していた。

優一がリノベーションしてレストランとしてオープンさせる予定の古い洋館が、歩いていける場所にあるらしい。

水樹はそこでアルバイトをさせてもらえることになっている。

「……お、だいぶ改装が進んでいるな」

青山通りを渋谷のほうに向かって歩き、やや細い道を南に下っていくと、高級住宅街の中にレンガの塀で囲まれた屋敷が見えてきた。

門から中に入っていくと、洋館の周りには足場が組まれていて、ちょうど外壁を塗り直している職人がいた。挨拶をして優一と建物に入って、水樹は感嘆の声を上げた。

「わあ……」

玄関を入ったところは広いエントランスホールになっていて、頭上にはまばゆいシャンデリアが吊るされている。

奥には階段があって、その上は大きなステンドグラスの窓だ。優一にいざなわれて階段を上ったら、そこは広間になっていで、大きなテラス窓から外を覗くと、造成中の庭園と池が見えた。

貴族か何かが舞踏会でもやっていそうな、壮麗な洋館だ。

「ここが、レストランになるんですか？」

「そう。個室がいくつかあるから、ちょっとしたパーティーができるし、庭も使って結婚披露宴とか、その二次会なんかにも利用できるようにしたいんだ」

「パーティーですか。いいですね！」

「都内とフランスのホテルでバンケットマネージャーをしていた人をスカウトして、支配人として来てもらうことになってるんだ。すごく勉強になると思うから、水樹にはぜひオープニングスタッフで入ってもらいたい」

優一が、普段はあまり見せないビジネスの顔をして言う。

アルバイトはしたことがないが、実家は温泉旅館も経営しているので、水樹も宴会の雰囲気はわかる。瀬客係にしろ厨房にしろ、とても忙しく立ち働く仕事だから大変かもしれないが、やりがいはあるだろう。

この素敵な洋館で働けるというのも、なんだかワクワクする。

「いつ頃から始まるんです？」

「これから調度品を選んだりして、来月にはオープンの予定だ。でもそれほど急いでいないから、じっくり時間をかけて準備を――」

優一が話し終わる前に、一階のエントランスのほうから、誰かが怒鳴る声が聞こえてきた。

優一が口をつぐんで、何か不快な音でも聞いたかのように眉根を寄せる。

「やっと見つけたぞ、優一！　まったくおまえは、どういうつもりなんだ！」

階段を上ってきた中高年男性が、怒気をはらんだ声で言う。少し遅れて女性も一人二階に上がってきて、耳障りな甲高い声を発した。

「信じられないわ！　一周忌もまだなのに、親の家を売り飛ばすなんて！　死んだ兄さんもこれじゃ浮かばれないわよ！」

（なんなんだろう、この人たち……？）

見た感じ、二人ともアルファのようだ。男性がいきり立った様子で言う。

「おまえは親の面倒も見てこなかったくせに、何もかも自分の思いどおりに進めるつもりなのか！」

「みんな勇作《ゆうさく》兄さんに敬意を払って、息子のあなたに釈明のための席を用意したのよっ？　なのにすっぽかすなんて、恥を知りなさい！」

「そもそもおまえは子供の頃からわがままだった！　家を出たがるわ勝手に番を作るわ、おまえの母親が死んだときだって――――！」

女性も一緒になって、主に長年の不義理を責め、罵るような言葉を優一にぶつけてくる。

勇作兄さん、という人が優一の父親なら、二人は優一の親族なのだろう。

言われてみれば容姿が似ているようにも思えるが、雰囲気はまったく違うし、アルファにしては感じが悪い。

勝手に作った番というのは、もしや雅樹のことを言っているのか？

「お久しぶりです、健介《けんすけ》叔父様、陽子《ようこ》叔母様！　お元気そうで何よりです」

優一が涼しい顔で言って、低く続ける。

「お言葉ですが、別にここを売り飛ばしたりはしていませんよ。だからこの屋敷はちゃんと僕のものです。わかったら今すぐお引き取りください。でないとお二人は、不法侵入ということになりますよ？」

「なんですってえっ！」

「ここは俺たち兄妹が育った家でもあるんだぞ！　おまえには人の情がないのかっ！」

火に油を注ぐ、とはこういうことをいうのだろう。二人はますます激高し、優一を非難する。

でも優一は取り合わず、のらりくらりと言葉をかわし続ける。

やがて陽子と呼ばれた叔母が、こめかみに青筋を立てて吐き捨てる。

「もう、行きましょ！　これじゃ話にならないわ！」

「このままではすまさんぞ！　覚えていろ、この親不孝者がっ！」

健介という名の叔父ともども、怒りで顔を真っ赤にしたまま、優一の前を去っていく。

嵐のような騒がしさから一転、しんと静かな広間に立って、優一がはあ、とため息を洩らす。

「……やれやれ、よくああも怒鳴り散らせるな。頭が痛くならないんだろうか？」

「親戚の方……、ですか？」

「ああ。ちょっといろいろ、複雑で」

「そういえば、伊豆に行ったときにそんな話を……」

「したね。実はこの屋敷は、僕の生まれ育った実家でもあってね。別荘と同じように父が所有者だったから、僕が相続したんだ」

優一が言って、苦笑気味に続ける。

「うちの親戚を見ていると、きみのご両親は本当に善良で穏やかな、いい人たちだなと思うね！」

「子羊のソテー香味ソース添えと、車エビのガーリックグリルでございます」

「あ、このあたりに置いてくれますか。それと、このワインの赤を追加で。グラスも二つね」

「かしこまりました」

真っ白なクロスのかかったテーブルに向き合って座る水樹と優一の間に、アラカルトで注文した美味しそうな料理が並べられる。

恵比寿と広尾の間くらいにある、隠れ家のようなレストラン。

優一の知人がオーナーを務めるこの店は、知る人ぞ知る名店らしい。特に宣伝をしていないのだが、個室もあって秘密の会談やお忍びデートなどにも人気なので、普段はなかなか予約が取れないとのことだ。今日はたまたまキャンセルが出たとかで、来られてラッキーだと優一は言っていた。

「わ、めちゃくちゃ美味しい！」

「でしょう。ここの子羊は焼き加減もいいし、ソースも絶品なんだ」

「エビもぷりっぷりですね～」

何を食べてもとにかく美味しい。

そういう店に連れてきてもらえて、水樹はとても嬉しいのだが、週の献立をだいたい決めて買い出しをし、ほぼ毎日食事を作ってくれる優一が、夜になってから外食をしようと言い出すのは珍しい。

やはり先ほどの親戚とのやりとりが影響しているのか。

あのあと、洋館から家まで戻ったものの、優一は何か少し憂い顔で、心ここにあらずという感じだった。優一がそんな顔を見せるのは初めてだったので、水樹は彼の家の複雑な事情とやらが少しばかり気になっている。

でも人の家の事情に首を突っ込むのも気が引けるし、話を聞いたところで水樹にはなんともしようがないのだから、わざわざ訊ねるのもどうかと思う。

それであえて黙っていたのだが。

「……水樹、もしかしてさっきのことが気になってる？」

「えっ……、と」

「いやまあ、当然だよね。健介叔父さんも陽子叔母さんも、僕のことさんざん罵ってたし。きみも、ひょっとしてこの人は本当にわがままな親不孝者で、見下げ果てた男なんじゃないかとか思って──」

「や、思ってませんよ！　優一さんがそんな人じゃないってことは、僕だけじゃない、兄さんも父さんたちも、ちゃんと知ってますから！」

慌ててそう言うと、優一が困ったように笑った。

「絶大な信頼を得てるんだな、僕は。それはそれで恐縮してしまうけど、ひとまずありがたい話ではあるね。そういう、人同士の素朴な信頼感みたいなものは、うちの家では軽視されていたから」

ウエイターが赤ワインを運んできたので、優一が言葉を切って、ラベルを確かめてうなずく。グラスにワインを注いでウエイターが去っていくと、優一がまた話を続けた。

「僕のご先祖はホテル王とか呼ばれていて、一族はだいたい関連会社を継いで大きくするのが使命みたいな家でね。すべては会社のため、学業でも仕事でも実績を上げなければ無能と呼ばれるし、アルファやオメガが生まれれば、有力者との政略結婚に有利だとか言って、盛大にお祝いをしたりするんだよ？」

「そ、それは、なんていうか……」

「殺伐としてるだろう？　当然兄弟や親族同士もライバルだから、家にいてもぜんぜん気が休まらない。本家の家族はあんな素敵な洋館に住んでいるのにね」

そんな家庭もあるのだと、なんだかちょっと寒けがする。優一が相沢家の人間は皆穏やかに見えるというのもうなずける。

赤ワインを一口飲んで、優一が言う。

「お金があって、努力すればちゃんといい教育も受けさせてもらえるんだから、とても恵まれていたというのは十分にわかっているよ。けど、僕は支配的な親や親族が嫌でたまらなかった。

だからしがらみのない海外に行くことにした。そのまま両親とも死ぬまで家には帰らなかったから、親不孝というのは、まあそうかもしれないな」

優一にそんな過去があったとは思わなかった。

でもそういう家庭環境では息が詰まるだろうし、嫌になるのも無理はない。なのにそれを、親不孝だなんて……。

「……なんか俺、ちょっと自分が恥ずかしくなってきました……」

「えっ、どうして？」

「だって俺、優一さんに比べたらどう考えてもぬるい環境で、さんざん甘やかされて育ってきたのに、自由に生きたいとか言っちゃって……」

「いや、そこは比べても意味がないよ。家庭環境は人それぞれだけど、きみにはきみの苦しさがあるんだ。それを否定してはいけない」

優一がきっぱりと言う。

「きみが自由に生きたいって言ったとき、僕はわかるなって思ったんだ。それは、雅樹に対してもそうだった」

「兄さんにも？」

「彼が短期留学を決めたのも、いっときでも自由になって、解放されたいって気持ちが募ったからだろう？」

「あ……、そうか。それは、そうですよね」

雅樹が留学を決行したときには、オメガなのに奔放なんですねえと、近所の人に困ったことのように言われたりしていた。留学先で亡くなったと知らせが入ったときには、恥ずべきこととらえる人もいたようだ。

アルファの優一が番でなければ、おそらく亡骸を帰国させることも葬式を出すこともできなかったし、彼が雅樹に不名誉なところなど何もないと保証してくれなければ、相沢家の信用すらも失墜しかねなかった。

オメガとして生まれただけで、世間から常にちらちらと振る舞いを監視され、社会的な評価までもが下されてしまう現実に、雅樹は心底うんざりしていたのだろう。

「僕と雅樹は、その点では似た境遇だったんだ。息苦しい、自由になりたい、という気持ちで共感し合えたからね」

「だから、好きになったんですか？」

「そういう面もあったのは確かかな」

優一がさらりと言って、少し考えるように視線を浮かせる。

「雅樹にはね、なんていうか、強い信念があったんだ。ご両親の気持ちになるべく添いたいと思ってはいたみたいだけど、それでも自由を選びたい、自分は自分だ、っていう、どうしても譲れない部分があったんだよね」

「そうなんですか？」

「きみは雅樹と年が離れていたから、彼のそんな一面は知らなかったかもしれないね。きみ自身はどう？　どうしても譲れないもの、あるかい？」

「俺ですか？　うーん……」

両親や世の中に、そこまで強い反発心があるわけではない。当然ながら周りの反対を押し切ってまで行動せずにはいられないほどの情熱もない。

自分はやはりただの箱入り息子だったのだと、心がしおれてくる。

「……ちょっとやっぱり俺、自分が恥ずかしくなってきました……」

「ええっ？」

「だって俺、信念とかないし、どう考えても甘ちゃんじゃないですかっ？　優一さんと比べなくても、兄さんに比べたらっ……、って、ちょっと優一さん、なんで笑うんですか！」

笑いを必死で噛み殺そうとするみたいに、顔を伏せて肩を揺らす優一に、思わず抗議してしまう。

一応真剣に落ち込んでいるのに。

「はは、ごめんごめん、きみって本当に可愛いなって思って!」

「それってガキだってことですよね……?」

「いやいや、そんなつもりじゃ。僕が言いたいのは、ただきみがきみで嬉しいってことなんだ。どうか気を悪くしないでくれ」

優一がなだめるように言う。

「きみは、ちゃんと幸せになろうとしてる人だ。とても純粋だし、そこがすごく魅力的だなって、僕は思っているんだよ」

「ちゃんと、幸せに……?」

「そう。自分が感じた違和感をちゃんと違和感として認識して、そこで立ち止まって考えられる。でもとか、だってとか、どうせとか思って流してしまわずにね。それは案外難しくて、誰にでもできることじゃない。でも、とても大切なことなんだよ?」

教え諭すように言われて、まじまじと優一の顔を見つめる。

いい子だとか真面目だとか、子供の頃からずっと言われてきたけれど、誰かにそんなふうに言われたのは初めてだ。

それが幸せになることとどうつながるのかはピンとこないが、何か自分の中の、自分でも気づいていなかった部分に目を向けてもらえたみたいな気がして、胸が高鳴ってくる。

「生きていくって選択の連続だけど、何を選んでも完璧ってことはないよね。こうすれば絶対に幸せになれるなんて保証もないけど、自分はどう感じて、どうしたいんだろうってことを考え続ければ、きみはきみの幸せにたどり着けるって思うんだ」

「俺の、幸せ」

「例えばきみが、この先も両親の言うことを聞いて生きていくにしろ、そうでないにしろ、最終的には自分で決めて選べばそれでいい。きみはそうできる人だ。きみはとても、素敵だよ？」

「……優一さん……」

そんな手放しの称賛を誰かから受けたことは、今までなかった。

恋愛ごっこをしながらも、優一からはどこか子供扱いされている感じがしていたのだが、そんなふうに思ってくれていたなんて。

(優一さんのほうが、ずっと素敵なのに)

いろんなことを知っていて、なんでも教えてくれる優一。

浮いた噂一つなかった雅樹から、短期留学先でいきなり「運命の相手を見つけた」と聞いたときには驚いたものだが、こうして親しく接してみると、水樹にもわかる。

優一は誰がどう見てもとても魅力的な、どこまでも洗練されたアルファだ。だからこそ雅樹も、恋に落ちたのだろう。

そして二人は番になって――。

（……？）

ちくり、と胸が痛むような不可思議な感覚があったから、戸惑いを覚える。

目の前の優一と番の関係だった、兄の雅樹。不幸にして自動車事故で亡くなってしまったけれど、もしも存命だったなら、雅樹は今でも、彼のパートナーとして隣にいただろう。

至って健康なオメガだったから、もしかしたら子供が生まれていたかもしれないし、もしそうでなくても、優一に身も心も愛される日々を送っていただろう。

そんなことを思ったら、優一と番だった雅樹が、なんだかうらやましいような妬けるような、妙な気持ちになってきて……。

（いや、妬けるなんてそんな！　優一さんはあくまで、義兄だし！）

同居して恋愛ごっこなどしているが、本物の恋人ではないし、期間限定のお遊びだ。お互いそれ以上になるつもりはないし、これからだってそうだろう。

今さら確認するまでもなく当然のことだ。

どうしてか自分に言い聞かせるようにそう思いながら、水樹は言った。

「優一さんにそんなふうに言ってもらえると、嬉しいです」

「そう？」

「はい。なんかいろいろ、ありがとう、ございま……」

褒められてなんと言っていいのかわからず、とりあえず礼を言おうとしたら、店の中が急に少しざわりとしたので、思わず口をつぐむ。

まるで静かな湖の表面に、小さなさざ波が立ったみたいだ。ほかのテーブルの客たちの目線をなんとなく追ってみて、水樹ははっとした。

店の奥、個室が設けられている廊下のほうから、一人の男性がフロアに入ってくる。

仕立てのいいシックなスーツに身を包んだ、がっちりとした体形の背の高い男性だ。

丁寧に撫でつけられた豊かな黒髪に、凛々《りり》しい額と男らしいくっきりとした眉、理知的な目元が特徴的な、精悍な顔立ち。

優一とはタイプが違うが、一目でアルファだとわかる洗練された物腰と風貌に、知らず目が釘付けになる。

(あの人から、目が離せない……?)

男性の姿を見ているだけで、なぜか胸が弾むのを感じて当惑する。

どうやらそれは水樹だけではなく、ほかのテーブルの客にも起こっている現象のようだ。

あからさまに顔に出している人はさすがにいないものの、なぜだか目が離せなくなっているのは同じみたいで……。

「お、誰かと思えば賢人《けんと》じゃないか！」

「……優一？」

優一が男性に目を向けて声をかけ、相手が応じたので、驚いて優一の顔を見る。

どうやら二人は知り合いのようだ。

男性がこちらにやってきたので、水樹の心拍はますます上がる。

これはいったいなんなのだろう。水樹は知り合いでもないのに……？

「奇遇だね、賢人。あ、紹介するよ。雅樹の弟の、水樹だ」

優一が笑みを見せて言って、こちらに顔を向ける。

「彼は賢人だ。僕の中高時代からの悪友だよ」

「悪友とはまた……。だがまあ、確かにそう呼ぶのが一番しっくりくるな。初めまして、水樹さん。お会いできて光栄です」

「あっ、はっ、初め、まして！」

男性――賢人の声が低く心地よく耳に届いたので、思わず上ずった声を出しながら、差し出された手を握る。

ふわりと漂う、温かくウッディで包み込まれるような香り。

これは彼のフェロモンの匂いだろう。大きな手もアルファならではのもので、激しく胸が高鳴る。

優一と違い、彼は番のいないアルファだと、オメガの本能でそう感じるが、だからといって初対面の相手にこんなふうになるなんて初めてで、なんだかわけがわからない。

思わず固まりそうになっていると、優一が賢人に、気づかうように訊ねた。

「そういえば、賢人。この間の輸送業者の件、あれからどうなった？」

「解決したよ。おまえが間に入ってくれたおかげだ。あのときは助かった。もう一度礼を言わせてくれ」

「いや、気にしないで。たまたま知り合いの代理人が訴訟にかかわっていただけだし。僕は何もしてないよ。まあでも、解決してよかった」

二人が親しげに会話を交わす。

どうやら賢人も何か事業をやっていて、海外でのトラブルの際に優一が解決に一役買ったようだ。そのことに賢人がとても感謝しているのが、会話からよく伝わってくる。

言葉選びや声音、しぐさなどがとてもスマートなのは優一も同じだが、賢人の声をずっと傍で聞いていたいような気持ちになってきたから、いよいよ困惑してしまう。

(この人って、何か特別な人なのかな……？)

自分がオメガだから、アルファである賢人に自然と惹きつけられてしまっているのだとしたら、理屈としてはまだわかる。

けれど、気づけば店にいるベータと思しき客や店のスタッフまでもが魅了されてしまっている。これは本当にどういう現象なのか。

「……社長、そろそろ」

不意に賢人の背後から、一人のベータ男性が声をかけてくる。

賢人の存在感があまりにも大きすぎて、今までそこにいることに気づかなかったが、銀縁の眼鏡をかけたクールな雰囲気のその男性は、賢人の連れのようだ。

賢人があぁ、と小さく答えて、優一に言う。

「話せてよかった。まだしばらく東京に？」

「そのつもりだよ」

「なら、来週あたり飲まないか？」

「いいね」

「予定を確認して連絡する。じゃあな」

「うん、またね。……こんな目立つところで引きとめて悪かったね、佐々木《ささき》」

優一がベータ男性――佐々木というらしい――に詫びると、彼はいいえ、と短く答え、丁寧にお辞儀をしてから、先に立って歩き出した賢人を追った。

店を出ていく賢人の背中をなんとなく未練がましい気持ちで見ていたら、優一がからかうみたいに言った。

「おやおや、すっかり魅了されちゃったねえ、水樹」

「っ……！」

「目がハート……、とまではいかないけど、顔が少し赤いよ？」

「あのっ、なんでこうなってるんですか俺っ？」

「え、なんでって……、もしかしてこういうの、初めて？」

こういうの、というのは、わけもわからずアルファに惹きつけられるような、この感覚のことだろうか。

おずおずとうなずくと、優一が意味ありげに微笑んだ。

「そうなんだね。今までこういう経験がなくて、これが初めてってことは……、ふふ、ぼちぼち開発の成果が出てきたってところかな？」

(それっていったいっ……？)

『きみをもっと開発して、オメガとして開花させてあげたい』

優一はそう言って、水樹と性的な行為やセックスをしている。

それは恋人ごっことしてでもあるので、単に水樹が行為に慣れて、ためらいなく楽しめるようにしてくれているのだと、なんとなく考えていた。

自分の体に何か成果と呼べるような変化が起きているとは感じていなかったので、どういう意味なのか訊ねようとしたが、優一が指を一本立ててやんわり遮ったから、出かかった言葉をのみ込んだ。

秘密めかした声で、優一が言う。

「帰ったら教えてあげる。たっぷりと時間をかけてね」

かすかに淫靡さの漂う声音に、先ほどとは別の胸のときめきを覚える。

何食わぬ顔でワインを飲む優一に合わせて、水樹も素知らぬ態度で食事を続けた。

「……菱沼《ひしぬま》グループって……、なんか、化学系の会社でしたっけ？」

「元はね。今はマテリアル開発からヘルスケア事業まで、いろいろな分野のケミカル製品の製造販売を手広くやってる。最近はサプリとかコスメ、アパレルなんかも有名だね。賢人はその創業家、菱沼家の御曹司なんだ」

優一とマンションの前でタクシーを降り、広いエントランスを通り抜けてエレベーターホールに向かいながら、優一が軽く言う。

「彼は子供の頃から神童と呼ばれていてね。高校を出て海外の大学と院で経営を学んだあと、日本に戻ってグループ企業の社長をしてる。じきにグループのトップになるのも確定していてねつまりまあ、生まれも育ちも受けてきた教育もビジネス手腕も完璧な、あらゆる面でスペックの高いアルファなわけだよ、賢人は」

優一が言って、エレベーターに乗り込む。水樹もあとに続き、扉が閉まると、優一が言葉を続けた。

「そんな賢人には、まだ番がいない。あの容貌だからモテるし、それなりに浮名を流したりはしているけど、基本的には独身のアルファだ。そういうアルファは、オメガだけでなく、ときとしてベータまでも魅了する。それがさっき起こったことさ。きみは彼に、本能的に惹かれたんだよ」

「本能的に……」

「そう。まだちょっとドキドキしてるんじゃない？　顔が上気しているよ？」

「っ！」

いきなり頬を指ですっと撫でられ、びくりとする。

まったく意識していなかったが、そういえばなんだか鼓動が速い気もする。頬も熱くて、落ち着かない気分だ。

この感じ、何かに似ている気がするのだけど……。

「水樹はドキドキだけじゃなくて、ムラムラしているね？」

「えっ」

「エッチな気分になってるでしょ」

「そ、そんな、ことはっ」

否定してみたけれど、優一の言っていることは本当かもしれない。

賢人にというより、能力の高いアルファの存在に、欲望を喚起させられてしまったかのようだ。肌がじわりと汗ばんで、気が昂ってくる。

まさかこんなふうになるなんて。

「……きみは本当に可愛いね。とても素直だ。心も、体も」

優一がどこかうっとりした声で言う。

やがてエレベーターが止まると、優一が水樹を先に降ろし、二人で家まで廊下を歩いた。

優一が鍵を開けてくれたので、なんとなくふわふわした気分のまま玄関に滑り込むと
――――。

「……え……」

あとから入ってきた優一に腰を抱かれて振り向かされ、頭を引き寄せられて口づけられる。

いきなりのキスに驚いたものの、昂り始めていた体には期待があったのか、抱きすくめられ

てざわりと背筋が震えた。

思わず胸にすがりつくと、優一が小さく息を乱してキスを深めてきた。

「……ん、ぅっ……」

ゆっくりと閉まった玄関のドアに背中を押しつけられ、そのまま服の上から体をまさぐられて、水樹の息も乱れる。

言葉を交わしてはいないが、優一が今すぐセックスしたいと感じているのが、口唇から伝わってくる。そしてそれは水樹も同じで、舌を吸い合い、絡め合うだけで、体の芯が潤んでくるのを感じた。

こんなことは初めてで、激しく興奮してしまう。

「……っ、あ、優一、さんっ……」

いつもなら行為を進めていいか訊いてくるのに、優一が何も言わずに水樹のシャツのボタンを緩め、身を屈めて胸や腹に口唇を落としてきつく吸いついてきたから、ゾクゾクと震えた。

肌に触れる口唇も乱れた息もとても熱く、優一がひどく昂っているのが感じられる。ズボンに手をかけて引き下ろされ、下着の上から局部を甘く食まれてちゅっと吸われたので、あんっ、と恥ずかしい声を洩らしてしまった。

玄関で声を立てたら廊下に響いてしまうと気づいて、焦って手で口を押さえると、優一がふくらみ始めた水樹自身を下着の上から舐め、目をこちらに向けてきた。

「……っ」

昏い欲望がほんのり覗く、艶めいた目。

優一がそんな目をして水樹に触れてくるなんて、今までになかったことだ。何も言わずに行為に及ぼうとするのも、なんだか優一らしくない。

マリン系の香水みたいな彼の匂いも、いつもよりも強く感じる。

水樹はかすかなおののきを覚えて言った。

「優一さん、なんかいつもと、違う……」

「ああいう場面で気持ちを乱されるのは、魅了された人だけじゃないからね」

「……？　それって、どういう……、あっ！」

体をくるりと反転させられ、下着を膝までむかれて、危うく叫びそうになった。

水樹のむき出しの尻にちゅっとキスをして、優一が言う。

「たぶんあの店にいたたくさんのカップルも、今頃こうなってるんじゃないかな。賢人は少しも悪くないけど、バース性っていうのは本当に罪なものだと思うよ。人の心をこんなにもかき乱すんだからね」

「ゆ、いち、さん……？」

「僕はきみの本物の恋人じゃないけど、今ものすごく焦れてる。きみがほかのアルファに目を奪われたことに激しい嫉妬を覚えて、きみを今すぐ自分のものにしたいと感じているんだ。これもまた、本能だよ？」

「……あ、あっ！　そん、なっ、や、っ……！」

尻たぶを両手でつかまれて狭間を開かれたと思ったら、そこにぬめぬめと舌を這わされたから、仰天してしまう。

そこをそんなふうにされたのは初めてだ。猛烈に恥ずかしくて、腰をくねらせて逃れようとしたけれど、優一は水樹の双丘をがっちりと押さえ、一心にそこを舐り立て、窄まりの中までも舌で穿ってくる。

まるで貪欲な劣情に心までとらわれてしまったかのようだ。

（嫉妬、した……？　優一、さんが？）

こんな優一は初めてだから、ほんの少し怖い気持ちもある。

でも、いつもひょうひょうとしていて、水樹を教え導く立場にいる優一が嫉妬したのだと思うと、それが本能ゆえなのだとしても、今までにない興奮を覚える。

ごっこ遊びなのにとか義兄なのにとか、かすかに思いはするものの、元々優一にあこがれる気持ちはあったし求められればやはりドキドキしてしまうのだ。

今すぐ自分のものにしたいだなんて、まるで本物の恋人同士のようで――。

「は、ぁっ、うう、そっち、駄、目ぇ……！」

後孔をむさぼりながら前に手を回して欲望を握られ、指を滑らせてしごかれて、腰がビクビクと弾む。

いつになく破廉恥な行為にも、水樹自身はしっかりと反応して、鈴口には透明な蜜が上がっている。あふれたそれを欲望の頭の部分に広げられ、くにゅくにゅと指でまさぐられたら、オメガ子宮のあるあたりがきゅうきゅうと収縮して、肉筒もジュッと潤み始めた。

快感に震える声で、水樹はあえいだ。

「は、ぅうっ、ゆ、いち、さん、はあ、ああ」

玄関で立ったまま触れられて感じまくってしまうなんて、羞恥でどうにかなりそうだけれど、体がここまで熟れてしまっては、たとえ抗う気持ちがあったとしても挫けてしまうだろう。

このまま優一につながってほしい、気持ちよくしてほしいと、腹の底から泣きそうなほどの渇望が湧き上がってくる。

「優、一、さんっ……、もう、した、いっ」

「……僕が欲しいの？」

「ん、んっ、欲し、ぃっ。も、ここで、欲しいっ」

自分からそう言ったことはなかったけれど、口に出しただけで、内奥がジンと疼くのを感じた。はしたなく腰を突き出すと、優一が待ってて、と言って尻を撫で、その場を離れた。

玄関のドアに額を押しつけて、うずうずしながら待っていると、彼が戻ってきて背後で衣服を緩め、ピリッとコンドームの袋を破いた音が聞こえた。

ぴちりと己に装着して、熟れた後ろを切っ先でぬるっとひと撫でしてくる。

「ぁ、あっ、そ、れっ」

「うん、あげるよ」

「ん、ふっ、はぁ、ああ……！」

声を抑えなければと思ったのに、熱杭をぐぷっと中に沈められたら身も心もそれに支配されたみたいになって、悦楽に酔った声が出てしまう。

無意識に幹を食い締めてしまったせいか、優一が背後でウッと小さくうめく。

「……そんなふうに締めつけたりして、水樹もすっかり悪い子になったものだね？」

「ゆ、ぃち、さっ」

「可愛いよ、そういうきみも。きみの『恋人』として、たくさん悦ばせてあげたくなる」

優一が甘い声音で言う。

「賢人のことは忘れて、僕でいっぱい気持ちよくなって、水樹」

「はぅ、ああ、あっ、あっ」

しなやかに腰を揺すって、優一が肉筒の中を行き来し始める。

わざわざ恋人として、なんて言われたけれど、彼の中に本能的に芽生えた嫉妬という感情がそうさせるのか、その動きはいつもよりも激しい。焦れた気持ちが伝わってくるみたいで、ごっこ遊びなのだということを忘れてしまいそうだ。

(本能って、すご、いっ……)

否応なく惹きつけられたり、嫉妬に駆られたり。

バース性の違いと、そこからくる反応は、それだけで人の感情を揺さぶる。

オメガが発情したらアルファの理性すらも失わせてしまうのだから、きっとこんなものではすまないのだろう。自分の中にそんな強烈な本能が隠されているのだと思うと、なんだかゾクゾクしてしまう。

発情した体でするセックスは、どんなふうなのだろう――――。

甘い想像をふくらませながら、水樹は優一が与える悦びを味わっていた。


それから、二か月ほどが経った。

「いらっしゃいませ。ご予約いただきましたイトウ様ですね。お席までご案内いたします！」

水樹は優一の実家だった洋館を改装したフレンチレストランで、ホール係としてアルバイトをする日々を送っていた。

オープンしてまだひと月だが、水樹は早々に仕事を覚え、優一がスカウトしてきた辣腕マネージャーの大月《おおつき》にも手際がいいと言ってもらえている。

上手くできるか少し不安だったが、やはり実家が温泉旅館を営んでいる影響か、子供の頃から飲食の接客の仕方を見てきたのは大きかったようだ。

家事オンチだったので密かに心配していた優一にも、案外向いているのではないかと言われている。

「相沢くん、一階の西側のフロア、少しの間あなた一人に任せても大丈夫？」

客を席に通し、オーダーを取って厨房に伝えたところで、ベータ女性のマネージャー、大月が声をかけてきた。

「パーティー会場のほう、ちょっと給仕に手間取っているから、私が入ったほうがよさそうなの」

「あ、はい。大丈夫です」

「助かるわ。何かあったらすぐ知らせてね？」

大月が言って、二階のパーティーフロアへと駆けていく。

今日は通常のレストランの営業を予約客のみに限って、建物の二階でオーナーの優一が主催する立食パーティーが開かれている。

招待客にはアルファが多く、ちらりと覗いた感じでは、ハイソサエティーな人々の親睦会といった雰囲気だ。

少し到着が遅れると連絡があったが、先日会った賢人と佐々木（彼は賢人の秘書なのだそうだ）も招かれているのを、招待客リストで確認している。

優一の個人的な友人や同窓生、日本での取引先などを招いての、店のお披露目パーティーのようだが、異業種交歓会としての一面もあるらしい。できれば定期的に開いていきたいと、昼間家のクローゼットからとても素敵な三つ揃いのスーツを取り出しながら、優一が話していた。

（まあこっちは、なんとかなるだろ）

予約の客はあと一組だし、一人でも切り盛りできるはずだ。

水樹はそう思い、厨房を出てホールに戻ろうと歩き出した。

途中でお冷のお代わりを用意したほうがいいかもしれないと思い、ウォーターサーバー寄って、グラスを二つ取って冷たい水を注ぐ。並べてトレイに載せて運び出したところで、エントランスでガラスの呼び鈴がリンと鳴ったのが聞こえた。

もう一組の予約客が来る時間にも、賢人たちが来る時間にもまだ早い。予約していない客が来たのなら、今日はいっぱいだとお断りしなければ。

水樹が急いでエントランスに行くと、そこには四人の男女が立っていた。

「やれやれ、ずいぶんと軽薄な内装になったものだな！」

「見て、シャンデリアが替わってるわ！」

「信じられん、あれは年代物だったんだぞっ？」

「階段の手すりもマホガニー材じゃなくなってる！」

体格や容姿の雰囲気からして、全員アルファ。

華やかな服装の男性二人と女性二人が、店のエントランスを眺め回して聞こえよがしにケチをつけている。

よく見てみれば、その中の二人は、先日改装途中にやってきて、優一をあしざまに罵っていた叔父と叔母——健介と陽子だ。向こうも水樹の姿を見て、この前会ったと思い出したのか、あっと声を上げる。

「あなた、この間の子ねっ？」

「ああ、そういえば見たような気がするぞ。おいおまえ、優一をここに呼んでこい！」

やはりあの二人だ。叔父の健介に横柄な態度で命じられ、なんだか嫌な気持ちになる。

優一は今、パーティーのホスト役を務めているはずだ。呼んでもいないのにやってきた、どう考えても招かれざる客のために、彼を煩わせたくはない。

水樹は落ち着いてお冷の載ったトレイを傍のテーブルに置き、彼らに向き直って冷静に告げた。

「……申し訳ありません。本日は、ご予約のお客様のみのご案内となっております」

「案内じゃない、優一を呼べと言ってるんだ！」

「オーナーは、ただいま接客中です」

あまりにもそっけない水樹の対応に、四人が一瞬あっけにとられたように黙る。それから叔母の陽子が値踏みするように水樹を見やって、ふん、と鼻を鳴らす。

「やけに強気な子じゃない。オメガのくせに！」

真っ赤な口紅を塗った口唇をゆがめて、陽子が言う。

「今日はパーティーが開かれているのでしょ？　井坂リゾートの長年の取引先の重役も多くいらしているというのに、私たちが出席しないのは礼を失するというものよ」

「そうだ。今すぐ優一を呼んでこい。我々親族を無視するのはどういうつもりなのか、問いただしてやる！」

「さっさとしなさい！」

健介と陽子、そしてどうやら親族らしいもう二人の男女も、一緒になって水樹に詰め寄る。オメガのくせに、だなんて、久しぶりに言われた。今どきまだそんな差別的な言い方をする人がいるなんて……。

「おい。おまえ、優一の囲われか何かか？」

「っ？」

「ああ、そうか！　さてはそれで取り立ててもらったんだな？」

親族の男が下卑た顔つきで水樹を眺める。

「優一はこういう、気の強そうなオメガが趣味なのか？」

「あら、変わった趣味ねえ」

「海外をふらふらした挙げ句、どこの馬の骨やらわからん下賤なオメガと番になりおって。一族の恥だな！」

「……下賤って……、それ、どういう意味ですかっ？」

雅樹のことを侮辱されたのだと気づいて、思わず問い返す。

健介がこちらに近づいて、せせら笑うように言う。

「劣等種のオメガといえど、我が一族の子を産むのだ。正式に番にするなら最低限の血統くらい気にして選ぶのが、アルファとして当然の選択だろう？」

「……っ！」

「しかしまあ、おまえも器量は悪くない。優一のものにしておくのはもったいないなあ」

「はっ？」

「はは、また悪い癖が出たね」

「まったく、どこででも口説くんだから！」

水樹をじろじろと眺める健介の様子に、親族の男と女がにやにや笑う。

この連中がオメガ差別主義者であることはわかったが、健介の目つきは何やらギラギラとしている。嫌悪感を覚えていると、健介がずいっと顔を寄せてきた。

「おまえ、チョーカーをしているということは、まだ噛まれてはいないんだろう？　どうだ、優一などやめてワシのものにならんか？」

「何を言ってっ……」

「手当はたっぷり弾むぞ？　こんなところであくせく働かなくてもいい。悪い話じゃなかろう」

「ちょ、やめてください、手を放してっ」

いきなり二の腕をつかまれて抱き寄せられそうになり、驚いて振りほどこうとしたが、相手はシニアとはいえアルファだ。力の違いは大きく、胸に抱き込まれそうになったから、ゾッとしまう。

今までにも、明らかにオメガを下に見ている相手にからかわれたり、不快なことを言われたりした経験はあった。

ベータの男にホテルに連れ込まれそうになったのも記憶に新しいが、ことアルファに関しては、今まで良識的で分別のあるまともな人としか接したことがなかった。

水樹は動転してしまい、もがきながら叫んだ。

「い、やだ！　触、るなっ！」

なんとかして抵抗しなければと、とっさにテーブルの上のお冷のグラスを持ち上げ、冷たい水を健介の胸にばしゃっとかける。

陽子や親族の男女が驚いて息をのみ、一瞬の間があって、健介が顔を真っ赤にして怒鳴った。

「このっ、生意気なオメガめ！　よくもやってくれたな……！」

「ううっ……！」

エントランスの床にドンと突き倒されたので、投げ出されたグラスがぱりんと割れ、腰をしたたか打ちつける。

健介が革靴を履いた片方の足を持ち上げたので、蹴られると思い、身をすくめると。

「……おい、何をやっている！」

階段の上から優一の声が降ってきたので、健介が動きを止める。急いで階段を下りてきながら、優一が怒気をはらんだ声で言う。

「あなた方はどうしてここにいるんです。水樹に何をしているんですか！」

「あら、そんなに怒らなくても。ちょっとした店員教育よ。ねえ？」

「ええ、そう。失礼なオメガは、懲らしめなくちゃ」

冗談ですませようとしたのか、軽い口調でそう言う陽子と親族の女に、優一が今まで見たこともないような激しい怒りのこもった目を向ける。

女たちは少々気圧されてたじろいだが、健介はなおも傲岸な態度で言った。

「俺はこいつに服を濡らされたんだぞ！　どうしてくれる！」

「……ほう、そうですか。それは災難でしたね。では、こうしましょうか？」

優一が冷ややかな声で言って、トレイからもう一つのグラスを取り上げ、今度は健介の顔に思い切り水を引っかける。

健介が何か言い出す前に、優一が冷たい笑みを見せて低く吐き捨てる。

「元々性根が薄汚れているんだ。むしろ綺麗になったんじゃないですか？」

「なっ、き、さまっ」

「勝手に入ってきたら不法侵入だと言ったはずです。警察を呼ばれたくなければ、どうぞ今すぐお帰りを」

「優一！　身内に向かってその態度はなんだっ！」

「身内？　誰のことです。あなた方を身内だなんて思っていない。僕に身内がいるとすれば、それはむしろ彼のほうだ。義弟なのだからね」

親族の男の非難にも優一は取り合わず、こちらに来て倒れたままの水樹の体を起こす。身を支え、親族たちから守るように水樹の肩に腕を回して、優一が言う。

「僕には僕の生き方がある。二度と僕の前に顔を出さないでもらいたい」

優一の声がひどく冷たく響いたせいか、親族たちが黙り込む。

気まずさを誤魔化そうとするように、健介がハンカチを出して濡れた顔を拭いながらぼそりと言う。

「ふん、義弟か。本当に、それだけなのか？」

「……どういう意味です？」

「まあいいさ。どのみち会社はおまえにはやらん。身内だというなら、そのオメガとでも誰とでも、好きにやるがいいさ」

そう言って健介が、思い出したように続ける。

「そういえば、おまえは昔からすぐオメガに気を許していたな？　井坂家のアルファだろうに、いい年をしていまだオメガの飼い方も、しつけ方も知らんとは！」

「水樹の前で下品な言葉を使うのはやめてほしいな。僕はオメガをそんなふうに扱ったりはしない」

「どうだか。十八で海を渡って成功できたのも、井坂の家に生まれて早くにオメガを知ったからだろうが！」

下種な声音で、健介が言う。すると優一が一瞬黙って、かすかに顔をこわばらせた。いつになく硬い声で、優一が言葉を返す。

「そうだとしても……、僕はあなたたちとは、違う」

「どう違う？　オメガなど所詮アルファの所有物にすぎんのだ。アルファの本能を慰め、子を産む丈夫な腹でさえあれば、それでいいではないか」

（なんて言い方……！）

耳を疑う言葉に、背筋が凍る。

オメガを蔑視する発言はそれなりに耳にしてきたが、これ以上にひどい言葉を聞いたことはない。オメガはアルファのための子産みの道具ではないし、自立した個人で、心もちゃんとある。

こんな恐ろしい価値観のアルファが、大企業の偉い立場の人だなんて……。

「……なるほど、それが井坂リゾートの総意ですか。やはり今夜のパーティーにあなた方を呼ばなかった優一は、賢明だったな」

不意にエントランスホールに響いた、深みのある低音。

耳に心地よいその声に顔を上げると、店の入り口に、ダークスーツ姿の男性——賢人が立っていた。その後ろには佐々木も控えていて、賢人ともども優一の親族たちに冷ややかな目を向けている。

陽子が慌てた様子で言う。

「ま、まあ菱沼さん！　ここでお会いするなんて、奇遇ですわね！」

「ええ、そうですね。おそらくもう二度とお会いすることはないでしょうが」

賢人がぴしゃりと言って、親族たちを見回す。

「我が社はあらゆる差別に対し断固反対の立場だ。差別主義者とは今後一切取引しないとここに宣言しよう。……佐々木？」

「はい。井坂リゾートとの取引を完全に停止するまでにかかる時間と損害額を至急試算するよう、関係部署に連絡いたします」

佐々木が賢人の意をくんでよどみなく答え、携帯電話に何か打ち込み始める。

親族の男が焦った顔で言う。

「ま、待ってください！　御社とのアメニティー製品のコラボ企画の件は……！」

「別の取引先を当たることになるでしょうが、もはやあなた方とは関係のないことだ」

賢人が淡々と告げ、ちらりと優一を見る。

「そういえば、優一。高校のとき一緒だった高杉《たかすぎ》、覚えているか？」

「……？　あー、あいつか。確か、バース人権局に入ったんだっけ？」

「ああ、そうだ。彼から聞いた話なんだが、政府直々の要請で、近々国内のいくつかの有名企業に差別是正勧告を出す予定らしい。まあ、どことは言わないが」

そう言って賢人が、意味ありげに優一の親族たちに目を向ける。

親族たちが顔を見合わせ、青くなったのを見て、優一がいつもの軽い口調で言う。。

「おや、身に覚えがあるって顔だ。今さら取り繕っても遅いとは思いますけど、急いでお帰りになったほうがいいんじゃないですか、叔父様、叔母様？」

「くっ……、も、もう行くぞ！」

この前と違い、捨て台詞も吐かずに健介が店を出ていく。

ほかの三人も慌ててあとに続き、全員が去っていくと、優一がうんざりしたようにため息をついて、賢人に言った。

「……やれやれ、やっと帰ってくれた。助かったよ、賢人」

「俺もこの間、おまえに助けてもらったんだ。おあいこだよ」

賢人が涼しい顔で言って、肩をすくめる。

「それより、パーティーに遅れてすまなかった。会場はどちらかな？」

「二階だよ。佐々木も、それが終わったら楽しんで」

優一の言葉に、佐々木が携帯電話から顔を上げて控えめに頭を下げる。

階段を上っていく賢人と佐々木を見送って、優一が言う。

「とりあえず事務所に行こう。何があったのか話してくれ」


「……あー、ちょっと赤くなってるね。湿布を貼ってあげよう」

ソファに横たわった水樹に、優一が言う。床に打ちつけた腰に少し痛みを感じていたので、湿布はとてもありがたい。

あのあと、優一がマネージャーの大月に事情を話したら、エントランスホールの後片づけと一階の接客を買って出てくれた。それで水樹は、優一とバックヤードの事務所に来ている。

そこは洋館の二階の奥にある、昔優一が寝起きするのに使っていたという部屋だった。今は従業員の休憩室を兼ねた事務所になっていて、救急箱も用意されていた。

「よし、貼れたよ。ほかにどこか痛いところは？」

「ないです」

「グラスの破片で皮膚を切っていたりも……？」

「していません。大丈夫です」

「そうか。とりあえず、よかったよ」

優一が安堵の表情を見せる。いつもの彼の顔つきに、こちらもほっとする。

（優一さん、めちゃくちゃ怒ってたな）

親族とあまり上手くいってなさそうなのは知っていたが、あんなにも怒りを露わにする優一を、水樹は初めて見た。

健介の言葉にこわばった顔も、今まで見たことのない表情だった。

優一が水樹の両親を善良な人たちだと言った意味が、ありありとわかった。

ゆっくりと身を起こしてソファに座り直すと、優一が隣に座って、こちらを見つめてすまなそうに言った。

「無理やり迫られたりして、気持ちが悪かっただろう？　不快な目に遭わせてしまったね。悪かった、水樹」

「そんな。優一さんのせいじゃ」

「いや、僕のせいだ。僕が彼らの反発を甘く考えていたせいだし、この前適当に追い返したのも、いいやり方じゃなかった。本当に、ごめんね？」

優一が心底申し訳なさそうに言う。

でも、あんなにも話の通じなさそうな人たちだ。ちゃんと対処していたとしても、結果は同じだったようにも思うのだが。

「さっき賢人が、あれが井坂リゾートの総意なのかって言ってたよね？　お恥ずかしい話だけど、実際そのとおりなんだ。親族はもちろん死んだ僕の両親も、井坂家の連中はみんなオメガ差別主義者なんだよ。まったく嘆かわしいことだ」

優一が言って、小さく首を横に振る。

「僕は子供の頃から、それがどうしても許せなかった。オメガの友達だってたくさんいたし、対等な友情を築いていたからね。飼うだのしつけるだの、人を侮辱するにもほどがある。アルファとして、あんな言葉をきみに聞かせたくはなかったよ、僕は」

健介の言葉には確かに驚いたし、子を産む丈夫な腹、だなんて、驚きを通り越して恐怖すら感じた。二の腕をつかんできた健介の手の不愉快な感触を思い出し、思わず眉根を寄せると、優一が真っ直ぐにこちらを見つめてきた。

「でも安心して、水樹。きみには僕がいる。これから先は、僕がきみを守るよ」

優一が言って、水樹の手を取って両手で包み込む。

「あの連中だけじゃない。もう誰にも、きみを傷つけたり危害を加えたりなんてさせない。僕が守ってみせる。必ずだ」

「……優一さん……？」

ひどく真剣な目をして、強い決意を込めた口調でそんなふうに言われたので、ドキリと心拍が跳ねる。

優一にそう言われると、とても心強い気持ちになる。彼がいてくれたらもう何も怖いことはないと思えてくる。

でも優一の目や言葉は、いつもの彼の雰囲気からすると、なんだか少し感情がこもりすぎている感じだ。義兄としての発言なのかと思ってみても、妙に思いが強すぎる。

恋愛ごっこ中の「恋人」の言葉としてなら、これ以上ないほど完璧ではあるのだけれど、これでは、まるで……。

「……優一さん、なんか、本物みたいだ」

「ん？　本物？」

「うん……、守るとか、そういうの。本物の恋人みたいだなって、ちょっとドキドキしちゃいました」

ほんの少し頬が熱くなるのを感じながら、顔を見てそう言ったら、優一がはっとしたみたいに目を見開いたので、こちらもちょっと驚いた。

もしかして、今の宣言は素だったのか……？

「あー……、そうか。それは確かに、そうだね！」

あいまいに微笑んで、優一が言う。

「でもほら、こういうのは身内のオメガへの、アルファとしての務めでもあるから。もしもきみが誰かに侮辱されたなら、僕がそいつをぶん殴りに行ってやる！　とか、そういうのはね。もちろん、本物の恋人じゃないっていうのは、わかってるよ？」

優一の言葉はよどみがない。

けれどどこか焦って誤魔化そうとしているみたいな様子がにじみ出ている。

もしや優一は、本当に無意識にああ言ったのだろうか。

『僕がきみを守る』

思い返しても、「恋人」の言葉としてはやはりとても素敵な、ドラマみたいな台詞だ。オメガとしても、アルファにああ言われたら心ときめいてしまう。

ロマンチックな言葉の響きに、止めようもなく胸が高鳴ってきて――――。

「今日は仕事はもう上がっていいよ。ここで少し休んでてもいいし、帰るならタクシーを呼んでもいい。もし来られそうなら、パーティーに来てもいいよ？」

「あ……、じゃあ、ちょっとここで様子を見てます」

「うん。無理しないでね。ひとまず僕は、戻るね？」

優一が軽く言って、ソファから立ち上がる。

水樹はいつになく心揺れながら、部屋を出ていく優一の背を見送っていた。


それからまたしばらく経った、ある晩のこと。

（優一さん、もう寝てるかな……？）

水樹は夜中の一時すぎにマンションに帰宅した。

四谷の駅前で大学の友人たちとの飲み会だったのだが、予想外に楽しくて、気づけば零時を回っていたのだ。別に終電や門限があるわけではないし、みんなはまだカラオケで盛り上がっていたが、先週から何度か遊びの誘いがあって、やや生活が不規則になっていることが自分でも気にかかっていた。

オメガの水樹は、予期せぬ発情を抑えるため、毎日決まった時間に抑制剤を飲まなければならない。水樹の場合は長らくそれを寝る前の習慣にしていたのだが、遊びに夢中になっていると日々の習慣というのはあっけなく忘れ去られてしまうものなのだ、ということを、東京に出てくるまで知らなかった。このところ何度か抑制剤を飲み忘れてしまっているので、今日は大事を取って帰ることにしたのだ。

手早くシャワーを浴びて髪を乾かしてから、忘れず抑制剤を飲み、小さく寝室のドアを開けて中を覗く。

フットライトだけがついた部屋は薄暗く、よく見えなかったが、いつも二人で眠る大きなベッドの奥側に、うっすら優一の影が見える。

彼はもう眠っているみたいだ。水樹は足音を立てぬよう静かに部屋に滑り込んで、そっとベッドにもぐり込んだ。

(疲れてるのかな、優一さん)

水樹がこのマンションに来た頃は、優一が夜中に仕事をしていたり、ビデオ通話で会議をしたりしている姿をよく見かけていた。

カリフォルニアで会社を経営しているので、時差の関係でそうなるのだが、最近は向こうのスタッフにかなり仕事を任せているようで、週に一度報告の電話を受けるほかは、ほぼメールでのやりとりだけにしていると言っていた。

でも代わりに日本国内で店を出したり、主催したパーティーで知り合った実業家と新しい仕事を始めたりしていて、昼間はあまり家にいないことが多い。寝る時間も早くなっていて、今夜のように水樹が少し遅く帰ると、もう寝ていることもあった。

本物の恋人同士だったら、ややすれ違いの生活になりかけているところだが……。

「……おかえり、水樹」

「わぁ？」

優一に背を向けて目を閉じたら、いきなり背後から体を抱きすくめられ、かすかなマリン系の香りに包まれたので、妙な声が出てしまう。

どうやら起こしてしまったみたいだ。水樹の耳朶にちゅっとキスをして、優一が言う。

「ベッドに入る前に、ちゃんと抑制剤を飲んだかい？」

「の、飲みました」

「よかった。午前さまもすっかり板についちゃった感じだけど、そこは少し心配してたんだ」

水樹が遅くまで遊んでこようが、一切咎めたりはしない優一だが、そう言われるとこちらが少々気が咎める。水樹は小さく言った。

「心配させちゃって、ごめんなさい」

「謝らなくたっていいよ。きみの心配ができるなんて、むしろ嬉しいくらいだ。『悪い子』なきみも、とても可愛いからね」

「……ぁ、んン……」

肩越しに乗り出すようにして口唇を重ねられ、体の芯が甘く震える。

ほんの今まですっかり眠っていたはずなのに、優一のキスは情熱的だ。口唇をついばまれ、舌を吸われただけで、息が乱れそうになる。

優一のほうを向き、薄暗い中で顔を見ると、彼が何げない口調で訊いてきた。

「今日は、誰と一緒だったの？」

「え、と、英語の講義が一緒の友達と、同じ専攻の子と……」

「いつもの子たちだね。お店は？」

「駅の南側の通りにある、お好み焼き屋さんに行ってきました」

「あー、あの通りか。ひどい酔っ払いとか、いなかった？」

「大丈夫です。みんなで楽しく過ごせました」

「よかった。楽しかったなら、それが一番だからね」

穏やかに言って、優一がまたキスをしてくる。

今、彼が言った言葉どおりの、水樹が楽しめてよかったという感情。

同時に、何かその感情とは反対の、なんとなく心が焦れたみたいな気持ち。

優一の熱い口唇から、そんな二律背反するような情動が伝わってきたので、胸がドキドキしてしまう。

この頃、こういうことはよくあって、水樹の心を甘く揺り動かすのだ。

『本物の恋人じゃない』

優一は今まで、水樹に何度かそう言っていた。

彼とはただ恋愛ごっこをしているだけ、彼は「恋人」のように振る舞っているだけだと、水樹は思っていたのだが、最近本当にそうなのかよくわからなくなることがある。

こういう晩には特に、水樹のことを心配しているだけなのか、それとも何か少しやきもきしているのか、判然としないときがあるのだ。

優一は義兄だし、恋愛ごっこという期間限定のたわむれに付き合ってくれているだけだという態度を、最初から一切崩していない。

でも、図らずも優一の叔父が言っていたように、もしかして「それだけ」ではないのではないのか。

前に本能的なものだと言っていた嫉妬の情や、水樹を守りたいという言葉や、今夜のように遅くに帰った晩に優一がにじませる、何か一通りでない感情から、水樹はそう感じるときがあって、こちらも妙に意識してしまうのだった。

「は、ぁ……っ」

寝間着の上から体をまさぐられて、知らず吐息がこぼれる。

彼と抱き合うようになって数か月。

水樹の体は順調に「開発」されているらしく、こんなふうに軽く触れ合っただけで体が甘く火照り、蜜筒がじわりと潤む。内奥からオメガ子宮のあるあたりがヒクヒクと震えて、悦びを求め始める。

優一に身を寄せられると、彼の体も熱くなっているのがわかった。腿のあたりに押しつけられた彼自身が欲望の形に変化していくのもはっきりと感じられ、こちらもますます体が濡れていく。

言葉を交わすことなく触れ合い、昂らせ合うなんて、ある意味これこそ、本物の恋人同士のセックスみたいな気がして……。

(俺、どうなっちゃうんだろう)

キスをされながら寝間着のズボンと下着を膝まで脱がされ、局部や淡いをやわやわと撫でられて、水樹はぼんやりと考える。

最近の水樹は、優一に抱かれるとどこまでも淫猥に啼き乱れるようになった。

ともするとセックスに溺れてしまいそうで、なんとなく怖いなと感じ、たまにわざと帰る時間を遅くしたりしていることは、たぶん優一にはバレていないと思う。

でもそうすればそうしたで、今度は体が求めてムラムラしたりして、余計に彼が欲しくなる。

こういうのは間違っても恋愛感情とは違う気がするし、だとするとただ単に自分が淫乱な体になってしまったようで、ひどく恥ずかしくなる。

「水樹、なんだか少し、オメガフェロモンの香りがするね？」

「えっ」

「自覚なかった？　まあごくかすかに香るだけだし、もちろん僕には、フェロモンとしては作用しないけど」

彼自身にコンドームをつけ、ベッドを汚さないよう水樹のそれにも丁寧にはめて、優一が言う。

「たぶん、抑制剤の飲み忘れのせいだと思うよ。ほんの少しの乱れでもにじみ出てしまうことはあるからね。いつもよりエッチな気分になったり、体が疼くようなこと、ない？」

「あ……、そういえば、あるような気も」

優一にそう言われて、自分の中で思い当たる。

優一に抱かれてやたら乱れたり、離れてみるとムラムラしたりするのは、そのせいだったのだろうか。

「まあ、僕でよければいつでも『恋人』としてお慰めするけどね。抑制剤の飲み忘れには気をつけたほうがいい。きみのためにも、周りの人たちのためにもね」

「……はい……、んぁ、あ……」

優一が水樹の体を左を下にして横向きにし、背後に添うように寝そべって、刀身を水樹の中に沈めてくる。

横バックとか後側位などと呼ばれるこの体位は、眠りにつく前にスローセックスを楽しみたいときに向いていると優一に教えられたもので、水樹はとても好きだ。

水樹の体を背後から抱いて、優一が腰を揺らし始める。

「は、ぁ、ふぅ、ん……」

ゆっくりと緩やかに雄を動かされて、甘いため息がこぼれる。

激しく抱かれるのも好きだけれど、こういう凪の海みたいに穏やかな行為でも、水樹はたまらなく感じてしまう。ハードなセックスよりもスローなそれのほうが、むしろ体の感覚が研ぎ澄まされるようで、水樹の中を行き来する熱棒の張り出したカリ首の形状や幹の硬さ、付け根の亀頭球の熱さなどが、よりはっきりと伝わってくるのだ。

肉杭が窄まりの柔襞を巻き込みながら水樹の中に入り込み、みちっとした媚肉の襞をかき分けて奥まで貫いて、それがぬぷりと引き抜かれて。

水樹の蜜で濡れた雄がまた中を穿って、付け根まで沈み込んで。

砂浜に打ち寄せる優しい波のような抽挿を繰り返されるにつれ、まともな思考はどこかに行ってしまって、陶然となってくる。

「あ、ぁっ、いぃ、きも、ち、ぃ……！」

「ふふ、そうみたいだね。フェロモンの匂いも、少し強くなってる」

優一が腰を揺すりながら、水樹のチョーカーをつけた首筋に鼻先をうずめて、くん、と息を吸う。

「すごく可愛いよ、水樹。きみは本当に魅力的なオメガだ」

「あっ、あっ、うぅ、ふう……」

嫉妬されたり、心配されたり、やきもきされたり。

あるいは可愛いだとか、魅力的だとか。

時折見える心情や注がれる言葉は、優一の心からの気持ちなのか。

それともごっこ遊びの「恋人」としてのものなのか。

本当のところ、水樹にはわからない。

でも、あえてそれを問いただしたり、無粋なことを訊いたりしないほうがいいのかもしれないと、水樹はなんとなく感じている。

本物の恋愛とごっこ遊びとのぎりぎりの狭間で、彼に身も心も全部委ねて、ただ気持ちよくたゆたっていられる恍惚。

そんな、恋愛のだいご味みたいなものだけをただ味わっていられるのは、たぶん今だけだ。なんの義務も責任もない状態で心ときめいたりドキドキしたりするのは楽しいし、経験豊富な大人のアルファに極上の遊びを楽しませてもらっている今このときを、わざわざ終わらせてしまうなんてもったいない。

そんなふうに思えるようになった自分は、ずいぶんと「悪い子」になったのかもしれない。

「は、ぁあ、ゆ、ぃちさつ、ぃ、くっ、達、ちゃ……！」

腹の底から全身に、喜悦の震えが駆け抜ける。

一緒に暮らす「恋人」同士のごく日常的な情事の、ささやかだが深い悦びに、水樹はうっとりと陶酔していた。


「かんぱーい！」

「乾杯ー！」

夜十時の、六本木某所のクラブ。

音の圧に負けぬよう声を張り上げながら、モヒートのグラスを持ち上げる。

時折照明が当たる薄暗いフロアの端で、水樹は大学の友人たちとグラスを傾けた。

何度か誘われていたが、クラブに来たのは初めてだ。

基本的にベータばかり、時折オメガの交じる学生街の居酒屋や定食屋などと違い、ここには明らかにアルファが多い。優一のレストランや彼に連れていってもらう店にもアルファの客は多いが、この店は外国人も多く、多様な人々が集っている。

こういう場所は初めてなので、ちょっと緊張してしまう。

(でも、なんかすごく刺激的だ)

爆音と光と闇、あまり均質でない人々がうごめいている雰囲気に、心が躍る。

高校生の頃に想像していた、そして新幹線通学の頃には来ることができなかった場所、ずっと心の中であこがれていた東京のイメージがそのまま形になった場、といった感じだ。

「踊ろうよ、水樹！」

グラスを干した友達の一人が、大きな声で誘う。

こういうダンスはしたことがなく、しばらく眺めているつもりだったが、この場にいると踊ってみないともったいないような気分になる。

水樹はモヒートを飲み干して、友達のあとについてフロアに出てみた。

ＥＤＭ《エレクトロニックダンスミュージック》のズンズンと腹に響くビートに合わせておずおずと身を揺らすのは、ほんの少し気恥ずかしかったが、何か今までにない高揚感も覚える。

勇気を出して来てみなければ経験できないことはあるものだ。

(優一さんは、ちょっと微妙な顔してたけど)

優一は今夜は賢人と飲みに行っている。自分は友達とクラブに行く予定だと言ったら、店の名前を訊かれた。

特別危険な店ではないとは言われたのだが、クラブという場所自体がややスリリングなので、優一としては行くのに反対はしないものの、積極的に賛成もしかねるといった態度だったのだ。

それで水樹も少し心配になって、とりあえず早めの時間に来てみたのだが、客は皆いい意味で他人には無関心で、音楽に気持ちよく浸っている人たちばかりに見える。

「水樹、今日ゆっくりできるのっ？」

「一応そのつもり！」

「十二時すぎに、有名ＤＪが来るんだって！　それまでいられるっ？」

「大丈夫！」

有名ＤＪと言われても一人も知らないのだが、せっかくだから見てみたい。

優一も飲んでくるのだから、多少遅くなっても平気だろう。

「やあ、こんばんは！」

「っ？」

音に負けないくらいよく通る声で話しかけられ、驚いて顔を見る。

優一と同年代くらいのアルファ男性だ。少しエキゾチックな顔立ちをしているところを見ると、外国にルーツを持つ人なのだろうか。男性が笑みを見せて言う。

「いきなりごめん！　でもきみ、初めて見かけたから！　楽しんでるかいっ？」

楽しいのは楽しいが、何者かわからない人に急に声をかけられてもどうしていいのかわからない。

ナンパだろうかと少し警戒していると、やがて音楽が少し静かなものに変わった。

男性が小さく肩をすくめる。

「そんなに警戒しなくてもいいよ。俺はショウ。この店のオーナーの友人でね。勝手に店のアンバサダーを名乗ってる。お友達も、こんばんは」

ショウと名乗った男性が、水樹の連れの友達にも声をかける。

友達があっと声を上げる。

「もしかして、服飾デザイナーのショウっ？」

「お、知っててくれて嬉しいな」

「わー、あなたの服のファンなんです！　お会いできて嬉しいです！」

「こちらこそだよ。きみも店に来るの初めてだよね？」

「はい！」

「今日はいろんなやつが来るから、楽しんでってよ。何か気になることがあったらすぐにスタッフに言って。俺でもいいよ」

「は、はい、ありがとうございます！」

ショウが軽く手を振って去っていく。友達がすっかり興奮して言った。

「……ヤバい！　今日ほんとヤバいかも！」

「あの人もすごい人なの？」

「レジェンドみたいな人だよ！　声かけられたの、水樹がオメガで、気にしてくれたからかもしれない！　今日一緒に来てくれてありがとうねっ！」

目を潤ませて友達が言う。水樹は別に何もしていないのだが、喜んでくれたならこちらも嬉しい。跳ねるように踊り始めた友達を、水樹は楽しく眺めていた。


（うーん、なんかすごく、暑くなってきちゃったな）

あれから一時間くらいフロアで踊り、二杯ほどカクテルを飲んだところで、プロのダンサーによるちょっとしたショーが始まった。

ダンサーのファンでもある友達が、ほかの友人たちとよく見える場所に移動したので、水樹は少し休憩することにして、壁際のスツールに腰かけているのだが、先ほどから妙に暑くて額に汗が浮かんでくる。

酒を飲んで体を動かしたせいだろうか。

(優一さん、賢人さんと楽しく飲んでるのかな?)

携帯電話を見ても、特にメッセージなどは来ていない。

何度か二人で飲みに行くことがあって、一緒に何か新しい事業でも始めようかなんて話も出ているようだから、話が尽きないのかもしれない。

それでなくとも優一は、実家を改装したレストランのほかに、二日の店をオープンしようとしている。立ち上げから軌道に乗せるまではカリフォルニアには戻らないつもりだと言っていた。

ということは、水樹との暮らしもまだしばらくは続くだろう。

もしやそのために日本で事業を起こしたりしているのではと、ほんの少し思ったりもするのだが、それはさすがに自惚れが過ぎるだろうか。

(……それにしても、暑い。ていうか、体が、熱い……?)

手元のウーロン茶をゴクリと飲んで、額に手を触れる。

なんとなく熱い気がするが、熱でも出るのだろうか。少し息が乱れそうな気配もあるのだが、これはいったい……？

「ねえきみ、大丈夫かい？」

気づかうように声をかけられ、顔を向けると、先ほどのショウが傍に立っていた。

なぜだかきゅっと眉根を寄せて、ショウが言う。

「……きみ、もしかして、始まりそうなの？」

「始まる？　って、何がです？」

「発情だよ。こんなに匂ってるのに、自覚がないのかい？」

「えっ……」

少し苦しげなショウの表情に、ぎょっとして目を見開いた。

ずっと抑制剤で抑えてきたから、発情の始まりがどんなだったか、すっかり失念していたけれど。

「……あ……、この、熱いの、って……！」

体の奥のほうに何か小さな火がともり、それがじわじわと広がり出したのを感じて、水樹はうろたえた。

この間優一に注意されてから、抑制剤の飲み忘れはほとんどしていなかったが、そういえば三日ほど前、寝落ちしてそのままになっていたと思い出す。

まさかこんなところで発情が始まってしまうなんて……。

「……っ……！」

目の前のショウが目を細め、冷静さを保とうとするみたいに手のひらをぐっと握り締めたから、自分のオメガフェロモンが影響を与え始めていることに気づく。

慌てて見回すと、背を向けてダンサーたちを見ていた客たちの中に、ぽつぽつとこちらに顔を向ける者が現れ始めた。

体格からして全員アルファだ。その目がギラリと嫌な具合に光っているのがわかって本能的な恐怖を覚え、思わず首のチョーカーを手で押さえてしまう。

「……今すぐ、裏口から出ていったほうがいい」

顔にみっしりと汗を浮かべて、ショウが告げる。

「でないと危険だ。彼らはきみに欲情させられて、理性を失ってしまうかもしれない……！」

「っ……！」

恐ろしい警告の言葉に、スツールから転げ落ちるようにして駆け出す。

友人たちを気にする余裕もないまま、水樹はその場から逃げ出していた。

「お客さん、大丈夫かい？　ほんとにこっちでいいの？」

「は、はい、三つ目の角のとこで、いいです」

なんとか店の外に出たところで、優一に電話をしてみたが、電波の届かないところにいるようで通じなかった。

留守番電話に発情しそうになっているとメッセージを入れ、道端でタクシーを止めて、運転手がベータであることをちゃんと確かめて転がり込んだのだが、家までのほんの短い距離の間にも、体はどんどん熱くなってくる。

こんなことになるとは思わなかった。とにかく早く家に帰りたい。

（でも、どうしたらいいんだろう、これ？）

毎日飲んでいる抑制剤は始まってしまった発情を鎮めるものではないので、こういうときは緊急抑制剤を飲むべきなのだろうが、実家から持ってきたものをどこにしまったのだったか、なんだか頭がぼうっとしていて思い出せない。

薬局で買おうにも、この状態でふらふら出歩いてもしものことがあったら困る。

「ここでいいのかい？」

「大丈夫です、ありがとうございます」

運転手に料金を払い、人がいないかあたりを見回してからタクシーを降りる。

少し道を進んで路地を曲がり、通り抜けた先にあるマンションに滑り込んで、ふらふらとエレベーターに乗り込む。

どうにか誰とも会わずに家にたどり着いた途端、どっと汗が出てきた。

「う、ぅっ……」

腹の底が煮えたぎったみたいになり、ゾクゾクと体が震え始める。

息もはあはあと乱れ、視界がピンク色になって、触れもせぬままに水樹自身が頭をもたげてきた。

どうやら本格的に発情してしまったようだ。性的な欲望に意識を支配され、たまらずあえいでしまう。ちゃんと頭が働かず、どうしたらいいのかわからないが、少なくとも緊急抑制薬を捜している余裕などないのは確かだ。

(横に、なったらいいのかな)

立っているのもつらかったから、上着もズボンも廊下に脱ぎ捨てて寝室に駆け込む。

ほとんど崩れ落ちるように、ベッドに倒れ込むと――――。

「っ……」

頭が溶けるほどの心地よい匂いに体を包まれ、息が止まりそうになる。

驚いて跳ね起きると、匂いがふわりと舞い上がって、優しく鼻腔に満ちた。

――マリン系の香水のような匂い。

いつでも水樹の傍にあり、触れ合うときにかすかに漂っていた程度のその匂いが、発情しているせいなのか、今までにないほど強く感じられる。

「優一さんの、フェロモンの、匂いだ……」

しっかりとそう認識したら、オメガ子宮のあたりがきゅうっと疼いた。

彼とは恋愛ごっこをしているだけで、番でもなんでもない。

なのに発情したこの体は、優一の匂いだけを強く感じて、その匂いによって昂っていく。肉筒はじわりと濡れ、鈴口にも透明液が上がってきた。

激しく欲情していく体を止められず、水樹は思わず局部に触れた。

「あ、あっ……、優一、さん……！」

彼の名を呼びながら、下着を膝まで下して、右の手で勃ち上がった欲望の幹をしごく。

今まで、誰かの名前を口に出しながらこんな真似をしたことはない。うっすらと罪悪感を覚えるけれど、やってみたらまるで優一に触ってもらっているみたいに気持ちがよかった。

「は、ぁあ、優一さん、優一さんっ……」

起き上がっていられず、自慰をしながらまたベッドに倒れる。

いつも自分が寝ている側ではなく、優一が横たわっているシーツのほうに這い寄って、彼の枕に顔をうずめると、心地よい匂いがさらに強くなって、腹の底がヒクヒクと震え始めた。

知らず速くなる手の動きに合わせて、水樹の声も上ずっていく。

「ああ、あっ、気持ち、ぃいっ、はあ、ああっ――」

あっという間に達してしまい、シーツにビュク、ビュク、と白蜜が跳ね飛ぶ。

ベッドを汚してしまったと申し訳ない気持ちになったけれど、流れ出す蜜はとめどなく、これで劣情がおさまる気配もない。

絶頂の余韻が覚めぬままに、また手を動かしてしまう。

「あぅうっ、はあっ、ああ、ああ」

達したばかりの幹は敏感で、くすぐったさと苦しさを同時に覚える。

特に亀頭の部分は頭がくらくらするほど感じて、腹の中がざわざわと震えるみたいな感覚がある。

身悶えてうつ伏せになり、膝を立てると、後ろの孔がヒクヒクと疼くのがわかった。

水樹は右の手で自身を慰めながら左の手を後ろに回し、窄まりに指を這わせた。

「あ、ぁ」

水樹の柔襞はすでにほころんで、自らにじませた内蜜でとろりと潤んでいた。指を沈めてみたらするりと入って、中の襞が指に吸いつく。

淫らな感触に、全身の肌が粟立つ。

「ひ、ぅう、ゆ、いち、さんっ」

本当に彼に触れられてでもいるみたいに、名前を呼びながら指を出し入れする。窄まりはすぐにとろりと熟れて、指もう一本、二本と中に入っていく。

前と後ろを両手で自分でいじるなんて、普段だったらとてもそんなはしたないことはできないと思うのに、発情しているせいか恥ずかしいという感情は薄い。

ただ気持ちのいいことだけをしたい、何度でも達きたいと、次第にそれしか考えられなくなってくる。

「は、ううっ、ああ、ぁあ」

後ろに挿れた指をバラバラに動かしたり、ぬらりと濡れた前を撫で回したり。達しそうで達しないあたりを、自分で加減しながらひたすら愛撫する。

早く達きたくてたまらないのにそれをこらえ、腰を揺すって快感を逃がすと、焦らされているみたいに感じて、信じられないくらい気持ちがいい。

枕に顔をうずめて優一の匂いを吸い込み、ぬちゅぬちゅと音を立てて内筒をかき回しながら前をこすり立てると、やがて水樹の中に、ひたひたと絶頂の波が押し寄せてきた。

「あっ、あっ、また、ぃ、くうぅ……！」

自分の指をきゅうきゅうと締めつけて、二度目の頂に達する。

立てた膝をガクガクと震わせながら、シーツにまた白蜜をとろとろと吐き出すが、もう罪悪感はまったくない。快楽に自我を支配され、笑みすら浮かんでくる。

発情のすさまじさをまざまざと感じてかすかにおののくけれど、自分ではもう止められない。達したままの内襞をかき回しながら、雄の頭の部分をくにゅくにゅといじると、頭がどうかなってしまいそうなほどの快感で体がのたうった。

「ひ、ああ、ああっ」

欲望の先端をやわやわといじると、今まであまり味わったことのない感覚が腹に満ちた。

腹の奥底に何かが溜まってきてあふれてしまいそうな、不思議な感覚。触っていると苦しいのに、そうすることをやめられない。この先にはいったい何があるのだろう。

「あぁ、あっ、優一、さぁ、ん……」

苦しいのをこらえて触り続けていたら、優一に責められているような気分になって、泣きの入った声を出していた。両目が涙で濡れ、口の端からは唾液がこぼれる。

彼にこんなふうにされたなら、悦楽で身も心も蕩けてしまうかもしれない。

（優一さん、俺のこと、どう思ってるの……？）

発情で沸騰した頭に、なぜだか不意にそんな疑問がよぎる。

「恋人」として水樹に触れる彼の手は、いつでも甘く優しい。

大人のごっこ遊びをただ楽しんできた水樹だけれど、発情することでオメガのリアルを実感してみると、本当にただのたわむれだけであんなにも何度も抱き合い、悦びを与え合うことなんてできるものなのだろうかと疑念が浮かぶ。

もしかして、彼は本当に水樹を想ってくれていて、だからああいうふうに水樹に触れるのではないか。

そしてだからこそ、水樹はこんなにも淫らになり、オメガとして成熟しているのでは。

彼の名を口にするたび、なんだかそんな気がしてくる。

自分は優一に、愛されているのではないか……？

「はあ、はあ、優一さんっ、優一、さんっ、俺、もう……！」

「……大丈夫かい、水樹？」

「っ……！」

上り詰めようと激しく手を動かし始めたところで、呼びかけに答えるみたいに声をかけられ、慌てて首をドアのほうに向ける。

いつの間に帰ったのか、そこには優一が立っていて、こちらを真っ直ぐに見ている。

彼の名前を呼びながら自慰に耽っている姿を見られてしまったと気づいて、頭が真っ白になりそうになったけれど……。

「本格的に発情してしまったんだね。苦しいかい？」

「あ、ああっ……！」

優一がベッドに近づいてくるにつれ、水樹を包む心地よい匂いが数倍強くなったから、涙がたらたらと流れ出す。

優一が帰ってくるのを、水樹の体は待っていたようだ。待ちこがれていた彼が帰ってきてくれたのが嬉しくて、体が震えてしまいそうになる。

だが何より嬉しいのは、彼がアルファであることだ。

オメガである自分の傍に、アルファがいる――。

そう思っただけで視界がピンクに染まり、体の芯をゾクゾクと淫靡なしびれが走る。

クラブにいたときは、発情し始めた水樹に目を向けたアルファがあんなにも怖かったのに、今目の前にいる優一には少しも恐怖を感じない。

発情でだいぶおかしくなっているけれど、水樹の体は彼が番を持つアルファで、水樹のフェロモンで理性を失って襲いかかってきたりはしないことを、本能的に感じ取っているのだ。

「電話、出られなくてごめんね。友達とクラブにいたんだろう？　危険な目には遭わなかった？」

思ったとおり、至って冷静な声で、優一が訊いてくる。

コクリとうなずくと、優一がベッドに乗り上げ、シーツの上を眺めて言った。

「そうやって自分で慰めていたのは、とてもいいことだよ。我慢しても苦しいだけだろうからね。二、三回は出せた？」

「う、んっ」

「そう。ここからは僕が慰めてあげるから、安心して？」

優一が言って、上着を脱いで投げ捨て、シャツの袖をまくる。

そうして後孔から水樹の指を引き抜いて、代わりに彼の指を二本沈めてくる。

「はぁっ、あ……、ああ、あああっ！」

すっかり熟れた蜜筒を慣れた手つきでかき混ぜられ、ビクビクと尻が跳ねる。

彼の名を呼んで自分でするよりも、本物の優一に愛撫されるほうがずっと快感が強く、体の反応もいい。内腔前壁の感じる場所を丁寧になぞられ、指先でこね回されると、彼にこうされたかったのだとありありと感じて、それを与えてもらえた歓喜で叫び出してしまいそうになる。

オメガは発情して、アルファの手によってこんなにも気持ちよくなれるのだ。

オメガだからというだけで未来を狭められることにあんなにも反発していたのに、結局はこれこそがオメガの幸せなのではないかと、そんなふうにすら思えてきて……。

「ふ、ぐっ、ぅう……」

あっけなく迎えた、三度目の頂。

優一にいい所をいじられて達かされ、ぐっと押し出されてきたみたいに白蜜がとぽとぽと流れ出る。

吐精を繰り返すと腹の奥が甘苦しくなるのだけれど、発情した体はそれすらも楽しんでいるみたいだ。

すかさず今度は前に手を回され、大きな手のひらで先端部を包み込まれてくにゅくにゅともてあそばれて、先ほどの何か溜まって少し苦しい感じが甦ってきた。

「ひぁあ！　そ、こっ、なん、か、苦、しいっ」

その感覚は、どうやら射精とはまた別のところに通じているみたいだ。

それがなんなのか、自分ではよくわからなかったのだが。

「水樹、もしかしてここをいじると、何か洩れそうな感じがする？」

優一に冷静に訊ねられ、確かにそんな気配があることに気づく。

うんうんとうなずくと、優一が指を亀頭に添えて、表面を指先でこすり立ててきた。

「やっ、ああ！　ゃ、だ、めっ！　そこ、へんっ！　おかしく、なっちゃっ……！」

こすられればこすられるほど意識をぐらぐら揺らされ、腹の中では何かがあふれて暴発しそうになる。

こんなのは初めてでわけがわからなかったが、何かが洩れそうな感覚は、どうやら排尿感に近いものだと気づいた。狼狽のあまり拒絶の声を発しそうになった、次の瞬間――。

「あ、ひっ！　あはっ、あはっ……！」

経験したことのない喜悦に全身がしびれ上がったと思ったら、水樹の切っ先から、シーツの上にビシャッ、ビシャッ、と透明な液体が放たれた。

生ぬるくて匂いも何もない、さらりとした液体。

もしや失禁してしまったのかと焦ったが、優一はシーツを覗き込んで、おお、と小さく感嘆の声を上げた。

痙攣したみたいに身を震わせ、口の端からこぼれる唾液も拭えぬままの水樹に、優一が微笑んで言う。

「潮吹いちゃったね、水樹」

「し……お？」

「とても素敵だよ。きみが気持ちよくなって達する姿は、本当に可愛い」

潮を吹いたというのがどういう意味なのか、水樹にはわからなかったが、優一はどこか満足げな顔をしている。

射精とは違う感覚だったものの、確かに気持ちよさはあったけれど。

（……優一さんが、欲しいっ）

優一が目の前にいる今、手でどれだけ達かされても、それだけではもう満足できない。

彼の剛直が欲しい。濡れそぼって熟れ切った水樹の後ろをアルファ生殖器で激しく突いて、凄絶な快楽の虜にしてほしい。

そのままチョーカーを外して首を噛み、番にしてほしい。

そんな気持ちもかすかに湧いてくる。

でも、優一はどうなのか。発情した水樹を慰めるだけでなく、欲しいと思ってくれているのか。

アルファとして、一人の男として――――？

「ゆ、いち、さん……、俺って、どう？」

自分でも何を問いたいのかわからないまま、水樹は訊いた。

「俺、オメガだよ。兄さんと、同じだ」

「水樹……？」

「発情して、体が優一さんのこと、ものすごく欲しがってて……。優一さんは、どう？　アルファとして、俺のこと欲しい？　俺の首、噛みたい……？」

熱に浮かされたみたいになりながらそう訊ねると、優一は少し驚いたような顔をしたが、その顔にはすぐに、いつものいたずらっぽい表情が浮かんだ。

「……ふふ、そんなことを訊かれるなんて、なんだか感慨深いな」

優一が言って、シャツを脱ぎ捨てる。そうしてサイドテーブルの引き出しからコンドームを取り出し、水樹の背後に身を寄せてズボンの前を緩めた。

「きみはとても魅力的なオメガだよ、水樹。雅樹がそうであったようにね」

「ゆう、いち、さん」

「きみはちゃんと『悪い子』になって、本当の自分を知った。オメガとしての自分を」

言いながら優一が、大きく形を変えた彼の刀身にコンドームをはめる。

「きみをそこへ導くことができて、僕は満足しているよ？　それこそがアルファとして、僕が求めていたものだったんだからね」

「……あ、ああっ……！」

腰を両手でつかまれて、後ろからずぶずぶと肉杭をつながれる。

濡れた肉の筒を期待どおりのサイズと硬さで埋め尽くされ、それだけで達ってしまいそうになる。

発情したオメガの体を満たすことができるのは、やはりアルファだけなのかもしれない。これが自分の欲しかったもの、求めていたものなのだと体で実感して、身も心も歓喜に震える。

でも、優一の言葉は本当に水樹の問いへの答えなのだろうか。求めていた答え、あるいは求めていなかった答えとも、何か少し違うような気がして、かすかな違和感を覚えもする。優一が求めているものは、水樹が求めているものとは違うのか……？

「今きみが一番欲しいものをあげる。さあ、どこまでも悦びに溺れてごらん」

「優……っ、ぁあ、はあ、あああああ……！」

激しい律動とともに鮮烈な快感が全身を駆け抜け始め、たどりかけた思考の糸がぷつりとちぎれる。

オメガの本能のままに、水樹は凄絶な悦びに溺れていった。


水樹はそのまま、時間の感覚を失うほどに何度も優一と結び合った。

彼が汚れたベッドを清潔に整えている間に、リビングのソファで気絶するように眠ってしまったのは、深夜三時を過ぎた頃だったか。再び目を覚ましたときには日が高く昇っていて、水樹はちゃんとベッドで、優一の隣で寝ていた。

水樹が起きた気配を感じたのか、しばらくして優一も目覚めた。発情で体力を消耗しただろうから、美味しいブランチを作ってあげよう、と言ってくれたので、水樹は横になってぼんやりと待っているところだ。

発情はもうすっかりおさまっていて、体調もいつもどおりだ。

それなのに……。

(こんな気持ちになるなんて、思わなかった)

心が何かひやりとしていて、胸に薄ら寒い風が吹いている。

発情の熱狂が過ぎ去って最初に感じたのは、そんな感覚だ。そうなってしまったのがどうしてなのか、できれば考えたくはない。

でもそこから目を背けてはいけないのではと、切迫した気持ちもあって。

(……やっぱりあれって、答えをはぐらかされたんだよね……?)

昨日の優一との濃密なセックスを思い出す。

発情した状態で抱かれるのは、今までの彼との行為を振り返っても、ちょっと比べものにならないくらい気持ちがよかった。

自分の体が本能的に彼を求めていることがわかったのもあって、もっともっとと何度もねだって、数え切れないくらい絶頂に達した。

だが、優一は水樹の哀願に応えてくれはしたものの、水樹の問いへの答えとして抱いてくれていたわけではなかった気がするのだ。

淫蕩に耽りながらもどこか異様なほど冷静なままで、それが昨日、水樹が覚えた違和感の正体だったのだと気づかされる。

彼は水樹を抱きながら、少しも興奮してはいなかった。クラブで発情し始めた水樹にギラついた視線を向けてきたアルファたちを思い出すと、その違いは明白だった。

けれど、それはある意味当然のことだとも言える。

優一は兄の雅樹の番だったのだし、一度オメガの番を得たアルファは、ほかのオメガが放つフェロモンによって劣情を催させられたり、理性を失ったりはしないのだ。

それはもちろん、水樹もよくわかっている。

いや、わかっているつもりだった。昨日までは。

『きみはとても魅力的なオメガだよ、水樹。雅樹がそうであったようにね』

「……っ……」

ちくりと心臓を何かで刺されたみたいな、切ない痛み。

今まで、雅樹と優一が番の関係であった事実を、後ろめたいという気持ち以外で気にしたことなどなかった。それは、生きている自分の余裕から生まれる感情で、優一と過ごす時間が積み重なっていくにつれ、次第に薄れていった。

でも今、改めて彼らが番であったのだということを思うと、どうしてか泣きそうなほど心が痛い。優一を本気で昂らせることができるのは雅樹だけなのだと思うと、心がとても苦しくて。

(……完全に嫉妬じゃないかよ、これ!)

こんな感情を抱くなんて、思いもしなかった。優一とのごっこ遊び以外、ちゃんとした恋愛経験のない水樹だけれど、こういう、本物の嫉妬の感情がいつ生まれるのかくらいは知っている。

それは恋をしてしまったときだ。そんなつもりではなかったのに、自分はいつの間にか、恋愛ごっこの相手である優一のことを————。

「できたよー、水樹」

「っ!」

キッチンからかけられた声が耳に届いただけで、胸がきゅんとなって泣きそうになる。

そうだ。彼はずっとこうだった。最初のときから今まで、彼はずっと優しい「義兄」として水樹に接してきただけなのだ。

今さらながらそう知らしめられたようで、心が哀しみに震えてしまう。

（優一さんが俺に、「それだけ」じゃない感情を持ってるんじゃない。俺が優一さんのことを、好きになっちゃったんだ……！）

至極単純な事実に気づき、彼への気持ちを自覚して動揺する。

優一が廊下を歩いてこちらにやってくる足音が聞こえたから、ベッドの上で寝返りを打って部屋の入り口に背を向ける。

開いたドアをコンコンとノックして、優一が言う。

「水樹、食事ができたけど、起きられそう？　それとも、もう少し横になっている？」

「……横に、なっていたい、かも」

「そうか。昨日はかなり激しく発情していたものね」

優一が気づかうように言って、こちらに来てベッドに腰を下ろす。

なぜだか泣き出してしまいそうだったから、枕に顔をうずめて隠すと、優一がそっと水樹の髪を撫でてきた。

「でも、とてもしっかりした発情だった。僕には作用しないけど、フェロモンも濃く出ていたし、きみはもうすっかり大人だ。これからはいつでも、アルファと番になれるね？」

「……っ……！」

優一の穏やかな言葉に、冷水を浴びせられたみたいな気持ちになる。

そのアルファは、間違いなく優一以外の別の誰かのことだろう。そんな相手が現れるなんて今は思えないし、思いたくもないのに。

「……そういえば、水樹。きみに言っておかなければならないことができたんだ」

優一が不意に、改まった口調で言う。

「実は、急遽カリフォルニアに戻らなければいけなくなってね」

「えっ」

思わず枕から顔を上げ、優一のほうを振り返る。優一が安心させるように言う。

「このマンションは僕の持ち物だから、きみは大学を卒業するまでこのまま住んでいていいよ。お義父さんには反対されるかもしれないけど、そこは僕が説得しよう。せっかくの東京暮らしをやめたくないだろう？」

聞きたいのはそんな言葉ではなかったし、そもそも今、そんな話をされたくはなかった。しかもそんな、義弟の人生相談にでも応じているみたいな、淡々とした口調で……。

（……でも、そうだったじゃないか、最初から）

結局のところ優一にとって、二人の関係はごっこ遊び以上のものではなかった。はっきりとそう告げられたようで、傷ついてしまう。

だが優一は悪くない。自分が勝手に勘違いして、彼に恋をしてしまっただけだ。

自分でもそれがわかるだけに、いたたまれない。

水樹の気持ちにはまるで気づかぬ様子で、優一がややもったいぶった様子で話を続ける。

「それで、これも話しておきたいんだけど……、昨日、僕と賢人で、真剣に話し合ったことがあるんだ。それはね……」

優一が言いかけた、そのとき。

サイドテーブルに置いてあった水樹の携帯電話の呼び出し音が鳴った。

なんの話かはわからないが、あまりよろしくない話に違いなかったから、聞かずにすんだとほんの少しほっとしながら携帯電話を持ち上げる。

父からの電話だ。

「父さん？　珍しいね、どうかした？」

『おお、水樹。聞いてくれ、実は今朝、母さんが倒れたんだ』

「えっ、母さんがっ？　なんで……！」

『今病院で調べてる。意識が戻らないんだ』

「……意識、が……？」

言葉が続かず、おろおろと優一の顔を見る。

緊急事態だと察してくれたのか、優一が手を差し出したので、携帯電話を渡す。

「優一です。何かあったんですか？　……お義母さんが？　はい、ええ……」

優一に状況を話す父の声が、ぼそぼそと電話から洩れてくる。

思いがけない事態に動揺するしかないまま、水樹はその声を聞いていた。


取る物もとりあえず、水樹は優一の車で、母が搬送された病院へ向かった。

途中で、母が倒れた理由が、ベータがよくかかる循環器系の病気の初期症状のせいだったとわかり、緊急手術をすることになったと連絡が入った。

入院先の病院は実家からそう遠くない場所にある総合病院だった。

「おお、水樹、優一くん！　よく来てくれた！」

待機していた病室で二人を出迎えた父は、水樹が想像していたよりもずっと憔悴した顔をしていた。母はそんなに具合が悪いのだろうかと、不安になる。

雅樹が亡くなって以来、ふさぎ込んだり、疲れてすぐ横になってしまう母は見慣れていたが、入院という事態は今までなかった。なんと声をかけたらいいかわからずにいると、優一がさりげなく代わりに様子を訊いてくれた。

「お義父さん……、いきなり手術って、そんなに重いんですか、お義母さんの症状は」

「ああ。心臓にバイパスを作らないといけないんだと。母さん、本当は調子が悪かったのに、このところずっと無理してててな」

父が言って、張っていた気が緩んだかのようにふらふらと椅子に座り込み、手に顔をうずめる。

「俺がもっと早く気づいてやればよかったんだ。でも土地契約のトラブルが重なって、それどころじゃなくてな」

「……土地契約のトラブル、ですか？」

「新しいホテルの建設予定地がよその業者に取られたり、借地の契約の更新をしないと言われたり……。こんなことは今までなかった。俺に余裕がなかったから、母さんも無理をして気丈に振る舞っていたんだと思う。まったく不甲斐ない話だ」

父の言葉に、優一が難しい顔をする。

水樹にはよくわからないが、企業経営者同士、仕事上のトラブルの困難さには思い当たるところがあるのかもしれない。

でも、それよりも。

(なんだか、罰が当たったみたいだ)

東京で浮かれた生活を送っている間に、実家がそんな大変なことになっていたなんて思いもしなかった。自分があのまま新幹線通学を続けていたなら、少なくとも母を気づかって休ませてやることくらいはできたはずだ。病気の兆候に気づいて受診をすすめることだってできたかもしれない。

いったい自分は何をやっていたのだろうと、情けなくなってくる。

「なあ、水樹。大学を出たらでいい。こっちに戻ってきてくれないか？」

不意に顔を上げて、父が切実な声で言う。

「俺にも母さんにも親類はいないし、おまえだけが頼りなんだよ！　見合いの相手ならいい人を探してやるから……、頼むよ、水樹」

「父さん……」

すがるような目をしてそう言われ、言葉を失う。

父のこんなにも弱い姿を見たのは初めてだ。ただ見合いをしろとか結婚をしろとか言われるより、胸に刺さるというか、ちょっとこたえるものがある。

戻ってきてくれとか、おまえが頼りだとか言われても、オメガの自分が父の会社経営を手伝えるかというと、それはかなり難しい。

たとえ経営についての専門知識を持っていたとしても、取引先が保守的な考え方だったりすると、オメガの水樹が口を出したりするのは、むしろ円滑な商取引の妨げになる場合もある。

番のアルファに身分を保証してもらわなければ、オメガ一人ではできないこともある。だからこそ、オメガは早く結婚しろと言われるのだ。

相沢家のオメガの一人息子として、水樹にできること。

それはやはり、いいアルファと結婚してその庇護のもとに子供を産み、家族を支えることくらいなのではないか。

どんなに反発していても、結局はそこに行き着いてしまうのだ。

(お見合い、してみようかな)

今まで生きてきて初めて、素直にそう思えた。それがオメガの自分の運命なら、甘んじて受け止めるしかないのかもしれないと、そんな気持ちになる。

水樹は小さくうなずいて言った。

「わかったよ、父さん。俺、ちゃんとこっちに帰るから。それで、前から言われてたお見合いも……」

「そのことなんだけど」

いきなり優一が、水樹の言葉を遮るように言う。

「お義母さんが倒れたって連絡をもらう前に、水樹には話そうとしていたんですけどね。実は僕から、ちょっと提案があって」

「提案？　優一くんから……？」

父が怪訝そうな顔で水樹のほうをちらりと見てから、優一に問いかける。

そういえば、先ほど優一は、寝室で水樹に何か言おうとしていた。

賢人と話し合ったと言っていたような気がするが、いったいなんの話なのだろう。

訝りながら顔を見ると、優一が笑みを見せて、父に言った。

「実は、僕の親友のアルファ男性に、水樹の話をしたんです。そうしたら、会ってもいいと言ってくれて。もちろん、お見合いとしてってことなんですけど」

「っ……？」

驚きのあまり息が止まりそうになる。

親友のアルファ男性というのは、間違いなく賢人のことだろう。二人でそんな話をしてきたなんて思いもしなかった。

優一に対し、折に触れ誰かいいアルファはいないかと訊いていた父も、意外だったのか目を丸くしている。

二人の反応を見て、優一が話を続ける。

「親友の名前は菱沼賢人。大手化学系グループ企業の……、ああ、次期ＣＥＯに就任することが決まったと、昨日聞きました。僕の中高の同級生です」

優一の話から、賢人が何者であるかわかったのか、父があんぐりと口を開ける。優一がうなずいて言う。

「お二人さえよければ、まずは水樹と僕と三人で会えるよう、すぐにでも場をセッティングします。いかがでしょう？」

優一のよどみのない言葉に、なんだか現実感がない。

昨日、発情した体であんなにも激しく淫らに抱き合った相手だというのに、触れたことすらない人のように感じて、寒々しい気持ちになる。

青天の霹靂、というのは、こういうことをいうのだろうか。

「……いや、その……、ずいぶんと、唐突な話だな、優一くん」

まるで今話し方を思い出した人みたいに、父が言う。

「もちろん、我が家にとってはもったいないくらいの話ではあるが……、なんというか、本当に、いいのかね？」

「ええ、もちろんです。彼は今まで、仕事を優先したいと言って数々の縁談を断ってきたんですがね。グループのトップに就任するとなると、そろそろ周りの目も気にしなければならないんでしょう。アルファとしても、菱沼家の跡継ぎとしてもね」

優一が言って、こちらを見つめる。

「水樹は一度……、ああ、二度、彼と会ったことがあるよね？　彼は本当にあのままの、誠実な男だ。親友として彼の人柄は保証する。きみから見てもなかなか好印象だったと思うんだけど、どう？」

(それって、あのときのことを言ってるの……？)

好印象だった、というのは、あの隠れ家風のレストランでの偶然の出会いと、水樹の反応のことを言っているのだろう。

あのとき優一は、それをオメガの本能的な反応だと言い、彼もまたアルファの本能で、水樹に嫉妬したと言っていた。

なのにあのときの水樹の様子を、「好印象だった」なんて気持ちの問題みたいに言われると、過去を勝手に変えられたような気がして、胸が痛む。

優一のことを好きになってしまった今となっては、賢人に対するあれは本当にただ本能が反応しただけだったのだと、自分でちゃんとそうわかっているのだ。

だが、これは本当に相沢家にはもったいないくらいの話だ。水樹が初めて見合いをしようと思ったのも確かだし、ある意味渡りに船と言えるだろう。

父がこちらを見て、ためらいながらも言う。

「水樹。ほかならぬ優一くんがこう言ってくれているんだ。一度、会ってみたらどうだ？」

「父さん……」

「親友を紹介するというのは、生半な気持ちではできないことだぞ？」

確かに、それもそうかもしれない。自分にとって大事な人を結婚相手にどうかと紹介するなんて、いいかげんな気持ちでできることではない。

でもおそらくそれは賢人に対しても同じで、人として、オメガとして、水樹を信頼してくれているからこそ、この縁談を持ちかけたのだろう。

そう思ってくれていることはとてもありがたいし、雅樹が亡くなったときや、その後の義兄としての献身的な振る舞いの数々を考えても、優一の計らいを無にするのは、礼を失するというものだ。

水樹もそのことはよく理解している。

でも……。

(俺とのお遊びはここで終わりにしたいって……、そういう、ことだよね？)

認めたくはなかったが、はっきりとそう告げられたようで、心がキリキリと痛くなる。

あまりにも突然の結末。

恋が破れて哀しいはずなのに、優一の引き際が鮮やかすぎて、未練がましくすがりつく隙もない。これがスマートな大人のアルファの振る舞いなんだと、どこか乾いた感慨すら覚える。

けれどきっと水樹にはもうほかの選択肢はないのだ。結局はこれがオメガの生きる道なのだと、しみじみ思えてくる。

切ない気持ちをこらえながら、水樹は小さくうなずいた。

「……賢人さんのこと、まだよく知らないですけど、素敵な方だなって思ってました。会ってもらえるなんて、光栄です」

水樹の言葉に、父がかすかに安堵したような笑みを見せる。水樹もどうにか笑顔を見せて、優一に告げた。

「優一さんのご提案を、つつしんでお受けします。俺や両親のためにいろいろしてくださって、本当にありがとうございます……！」

あえてかしこまってそう言ったら、知らず涙がこぼれてきた。

でも父にはたぶん、何か違う意味の涙に見えているだろう。いつもと変わらぬ穏やかな笑みを浮かべている優一の顔を、水樹は心に刻みつけるように見つめていた。


母の手術は無事成功した。医師からは、危険な状態を脱したこと、これから投薬治療が続くが、半年もあれば普通に暮らせるようになるだろうと説明があった。

午後には母の意識も戻って、タブレットの画面越しに意思疎通もできたので、ひとまず安心することができた。

その後、父を一人にするのもどうかということで、出前を取って優一と三人で実家の居間で食事をして、今夜はそのまま泊まることになった。

久しぶりの二階の自室のベッドは、記憶していたよりも少し硬い。

(……ぜんぜん、眠れないや)

食後に優一と父が一緒に旅館の大浴場に行くことになったあたりで、水樹は自分の部屋に引っ込んでしまった。それからもう三時間くらい経っているのに、眠れそうで眠れない状態が続いているのは、一人寝が久しぶりだからかもしれない。

優一は一階の和室の客間に泊まるので、今夜は別々に寝ることになる。

それもなんだか、また哀しくて。

『水樹、もう眠ったかい?』

「えっ!」

自室のドアの外から優一の声が聞こえたので、驚いて声を上げてしまう。

いきなり部屋まで来るなんて、どういうつもりなのか。どうすべきか戸惑っていると、ドアが細く開いて、廊下の明かりを背に優一が顔を覗かせた。

風呂から戻ってそのままなのか浴衣姿だったから、思わずドキリとしてしまう。

「すまない。風呂に行ったあとお義父さんと一緒に飲んでたんだけど、酔いつぶれてしまってね。ソファで寝てしまったから布団をかけてあげたいんだ。どこにあるかな？」

「……あ……、俺、持っていきます」

父は昔から酔うと居間のソファで寝てしまうことがあって、だいたい朝まで目覚めない。そういうときは、いつも母が二人の寝室から布団を持っていってかけてやっていた。

水樹はベッドから起き出し、二階の廊下の奥にある夫婦の寝室に行って、押し入れから父の掛け布団を取り出した。

一階の居間まで運び、気持ちよさそうな寝息を立てて寝ている父にかけてやると、優一が食卓を片づけながら言った。

「ありがとう、水樹。寝室まで運んであげようと思ったんだけど、さすがにお義父さんの体格だと無理だったよ。酔いつぶれた人って、ただでさえ重いしね」

「そうだったんですね。あの、置いといてくれたら、明日の朝片づけますから」

シンクの中の皿やグラスを洗い始めた優一にそう言ってみたが、彼はこちらを見てクスリと笑い、そのまま手際よく洗ってしまう。

水樹が朝起きてちゃんと片づけができるかどうかは微妙であることを、一緒に暮らしていた優一は知っているのだ。

そう思うと、また泣きそうな気持ちになる。

「よし、と。片づいた。それじゃ、僕もそろそろ寝ようかな」

「……あの、お布団の用意って……？」

「まだ何も。でも、押し入れを開けていいなら自分で敷くよ？」

「えっと、たぶん客間には、洗いたてのシーツがないと思うんで。取りに行ってきます」

できるなら、このままもう少しだけ話していたい。

水樹はそう思い、さっと居間を出て二階に上がり、洗ったリネン類をしまってある納戸を開けた。中からシーツと、枕カバーも取り出してまた一階に戻ると、優一が廊下から客間に入っていくところだった。

優一が押し入れから敷布団と掛け布団をひょいと出して敷き始めたので、水樹も黙ってシーツをかける。

端を折り返しながら、優一がぽつりと訊いてくる。

「突然見合いの話をしたりして、驚かせたかな」

「……それは……、少し」

「実は、最初にきみが賢人と会ったときの反応を見てから、僕はなんとなく考えていたんだ。

きみたちは合うんじゃないかなってね」

優一が言って、枕にカバーをかける。

「きみたちは少し似ているんだよ」

「あの人と、僕がですか？」

「そう。きみが若くして見合いや結婚を迫られて窮屈に感じていたように、賢人も名のある家に生まれたアルファとして、こうあるべきだという生き方を押しつけられて育って、それに反発してきたところがある。その話をしたら、きみに興味を持ってくれてね」

「賢人さんが俺に……？」

「何にしても、彼が魅力的なアルファだということは僕が保証するよ。賢人はきみにふさわしい、誠実ないい男だ。僕がカリフォルニアに戻る前に引き合わせることができるなんて、こんなに喜ばしいことはないよ」

優一にそんなふうに言われるのは、なんとも言えない気分だ。彼がこんなに急に向こうに戻ることになるとは思いもしなかったし、たとえどんなに賢人が素晴らしい人でも、水樹は優一から、そういう言葉を聞きたかったわけではないのだから。

(俺が好きなのは、優一さんなのに)

今すぐこの気持ちを打ち明けようかとか、泣いてすがってしまおうかとか。

一瞬そんな考えがよぎったけれど、父が酔いつぶれてしまったのは、きっと見合いの話が決まって安心したからだ。なのにぶち壊すようなことをしたら、母ばかりでなく父まで倒れてしまうかもしれない。

そもそも、優一との関係は初めから期間限定だったのだ。

ごっこ遊びはもう終わるのだから、きちんと義兄と義弟の関係に戻らなくては。

自分に言い聞かせるみたいに、そう思ってみたのだけれど。

「……そんな顔しないで、水樹」

「っ！」

「なんだか僕まで哀しくなる。そんな泣きそうな顔をされたらね」

自分が泣きそうな顔をしていたなんて思わなかったから、慌てて顔を背ける。

どう考えても、これでは感情垂れ流しの状態だ。なんと言って誤魔化せばいいのか考えるけれど、上手い言葉は浮かばない。

すると優一が、どこか儚い声で言った。

「僕はきみのことが大好きだから、僕みたいな相手とじゃなく、ちゃんとした相手とちゃんと幸せになってほしいんだ。僕とのことは忘れてね」

「……優一さん……？」

「その点、賢人はものすごくちゃんとした男だ。だから僕は……」

「なんで？　どうしてそんなこと、言うんですかっ？」

優一の言葉に反発を覚え、思わず強く言い返す。優一が瞠目したので、水樹は続けて言った。

「優一さんはちゃんとした人だ。僕みたいな相手、なんて言ったら、死んだ兄さんだっていい気分じゃないでしょ。そんな言い方、やめてくださいよ」

「きみの知らないことがあるんだ。僕はろくでもない人間だよ」

優一が妙にきっぱりとした声音でそう言ったので、一瞬たじろいでしまう。

感情的なところは少しもないが、反論を受けつけない言葉の響きだ。ろくでもない人間だなんて、今まで抱いていた優一のイメージからはほど遠くて、水樹にはわけがわからない。

今さらそんなことを言われたら、気になってしまう。

(でもきっと、どういう意味なのか訊いても、教えてくれないよね……？)

説明するつもりもないからこそ、ここにきてこういう突き放すような言い方をしたのではないか。

いよいよこれで終わりだと、水樹にわからせるために。

「恋愛ごっこも、今日で終わりですか？」

「それがいいだろうね」

やんわりとした答えに、ますます反発心が湧いてくる。

こんな気持ちにさせたくせに、今さら彼らしくない自己卑下をしてみせたり、ちゃんと突き放すこともせず終わりにしようとしているなんて。

「……優一さん、すごく一方的だ」

「否定はしない」

「つ、そんなのっ……」

こんな終わり方は納得がいかない。

でも、納得しなければならない。これが大人になるということなのか。

「さっき、賢人とメッセージのやりとりをしてね。三人で会うの、今度の日曜日でいいかな？」

優一がいつもの穏やかな口調で言って、彼のバッグと携帯電話を枕元に置き、敷いたばかりの掛け布団をめくる。

「手伝ってくれてありがとう、水樹。明日起きたら、お義父さんにちゃんと――」

彼の言葉が終わる前に、水樹の体はひとりでに動いた。布団に足を伸ばして横になろうとしている優一の手から、掛け布団をぱっと払いのける。

そのまま彼の腰をまたぎ、首に抱きついて口唇を彼のそれに押しつけたら、優一が小さく息をのんで動きを止めた。

こちらからこんなふうに迫ったことは今までなかったし、このあとどうするつもりなのかと自分でも驚くが、温かく肉厚な彼の口唇の感触を味わっただけで、涙がはらりとこぼれ落ちた。

自分は優一のことが好きなのだ。彼が欲しくてたまらないのだ。

心と体とでそれを実感して、身が震える。

「これで、終わりなんでしょう？」

これ以上ないほど間近で優一の秀麗な顔を見つめて、水樹は告げた。

「だったら、最後まで『悪い子』でいさせてよ」

「……水樹……」

戸惑う優一の浴衣の襟を両手で開くようにしながら、またがる体の位置を下げる。

帯はきっちりと結ばれていたが、水樹は子供の頃から浴衣の扱いには慣れている。手早くほどいて浴衣の前を開くと、優一は下にボクサーパンツを身につけていた。

水樹は身を屈めて、下着の上から彼の局部にちゅっと口づけた。優一がかすかにウッと声を立て、困ったような顔をする。

「……なるほど。これはまたとびきりの『悪い子』だね」

優一が言って、水樹の髪を撫でる。

「いいよ。きみがそれを望むなら、僕は応えるだけさ」

優一の、いつもの余裕のある態度。

なんとなく小憎らしく感じたけれど、むしろそのほうがいい気もする。これが最後だなんてウエットな雰囲気になったら、本当に泣いてすがりついてしまうかもしれない。

優一がこちらに身を委ねるみたいに布団に身を横たえたので、水樹は優一の下着を下げ、頭をもたげ始めている彼自身を手で外に出して、幹にちゅっと口づけた。

(優一さんの……)

優一には何度も口で感じさせられ、愛撫されてきたのに、水樹が彼にこんなふうにするのは初めてだ。

でも、どうして今まで自分からこうやって触れてみなかったのかと後悔するくらい、彼のそこに口づけるのは甘美な感覚だった。ちゅ、ちゅ、と何度もキスするにつれ、幹に熱い血が流れ込んできて、硬い肉杭の形に変わっていくのがわかる。

頭の部分と付け根の亀頭球が張り詰め、アルファ生殖器特有のグロテスクなフォルムが現れてくると、水樹の腹の奥もジクジクと疼いて、肉の筒がしっとりと潤んでくるのが感じられた。

これは水樹が欲しているもの、水樹の身も心も満たしてくれる彼の分身なのだと、そう思うだけで、オメガ子宮のあたりがヒクッと震えるような感覚すらある。

たまらず、水樹は優一の刀身の切っ先にしゃぶりついた。

「……んっ、ぅ……」

欲張って喉奥まで迎え入れてしまったせいか、ウッとむせそうになる。

こんなにも大きなものを、自分はいつも難なく受け入れていたのだと改めて思うと、なんだかひやりとしてしまう。いつも優一がしてくれていたみたいに、頬を窄めて舌を添わせ、ゆっくりと頭を上下させて幹をこすると、それはさらに嵩を増した。肉の凶器みたいな熱杭は、加減して吸いついてもどんどん口腔の奥まで入ってくる。

苦しくはあるけれど、そのボリュームのしたたかさが愛おしくもある。これが最後なのだと思うと、やはり切ない気持ちが湧き上がってくる。

「……無理しないで、水樹。あまり奥までくわえたら、苦しいだろう？」

優一が気づかうように声をかけてくる。

こんなにもここを硬くしているのに、彼は息一つ乱してはいない。彼にとっては、水樹との行為はやはり最後までごっこ遊びにすぎないのか。

それとももしや、やり方が拙いせい……？

「ふふ、悪いことをするのって、やっぱりひどく興奮するね？」

優一がそう言って、優しく水樹の髪をまさぐる。

「でも僕は、あまり興奮しすぎないようにしないといけないな。ここにきてお義父さんにきみと寝ていたことがバレたりしたら、さすがに問題があるし。こういうの、嫌いじゃないけどね」

何やら背徳感を楽しむみたいな密やかな口調で、優一が言う。

言われてみれば、見合いの決まった義弟とその仲介をしてくれた義兄とが、実家の客間でこんなことをしているのだから、これ以上の「悪いこと」を水樹は知らない。

いっそ盛大にあえぎまくってすべてぶち壊してしまいたい気持ちにもなるけれど、優一にその気はないだろう。そうならないよう己をセーブするのも、水樹が逸脱しないよう導くのも、彼にとってはきっと造作もないことなのだ。

それがまた、なんだかとても小憎らしくて……。

「上手だよ、水樹。きみの舌、まるでベルベットみたいだ」

複雑な気持ちを隠しながら懸命にフェラチオをしていたら、優一が甘い声で言って、誘うように告げてきた。

「僕もしてあげる。下だけ脱いで、お尻をこっちに向けて僕の上にまたがってごらん」

「……っ」

いわゆる、シックスナインというやつだろうか。

そんな大胆な体位も、今までしたことがない。

でも恥ずかしいという気持ちよりも、彼に触れてもらえる喜びのほうが大きい。

寝間着と下着をもたもたと脱ぐと、水樹のそれはもう欲望の形になっていた。頬を熱くしながらも、言われたように逆さ向きに優一の上にまたがる。

彼が大きな手で水樹の腰をつかんで引き寄せ、下から局部を舐り始める。

「ぁ、ン……」

うっかり声を立ててしまいそうになったから、慌てて口をつぐむ。

優一の舌が水樹自身をなぞるざらりとした感触が、いつもとても気持ちいいのだけれど、今日はこの体位のせいかいつにも増して感じてしまう。頭の部分を口に含まれ、舌先でねろねろと舐め回されただけで、腰がビクビクとはしたなく跳ねた。

快感に酔いながら、水樹もまた優一の雄を口に含み、舌で舐った。

「ん……、ふっ……」

自分の欲望をしゃぶられながら、彼のものを口唇を上下させて吸い立てる。

それはとても淫猥で、どこまでも気持ちのいい行為だった。

今までしてみたことがなかったけれど、本物の恋人同士なら、もしかしたらみんなしているようなことなのかもしれない。

やはり本物ではなかったのだと、こんな行為からもそう思ってしまうのは哀しいけれど、快感というのは、いっとき感傷を振り払ってくれるもののようだ。

悦びを伝えるように優一の硬い幹を吸い、大きく張り出したカリ首を形どおりに舌でなぞると、彼も応えるみたいに水樹の切っ先を吸い、てっぺんの部分を舌で執拗になぞり回してきた。

互いに快楽を与え合う恍惚に、頭がくらくらしてくる。

「はっ、んっ！　ん、ぅうっ」

優一が水樹の欲望を口腔の中でもてあそびながら、後ろに手を伸ばして窄まりを指でなぞってくる。

そこはもうほころび始めていて、指を挿れられると中もたっぷりと潤んでいるのが自分でもわかった。続けて二本目の指も沈められ、柔襞をほどくみたいにかき混ぜられると、淫靡な水音が上がった。

水樹自身からちゅっと口唇を離して、優一が言う。

「水樹の後ろ、もうとろとろだ。僕が欲しいかい？」

「ん、んっ」

「じゃあ、ちょっと待ってね」

優一が言って、枕元に手を伸ばす。

先ほど置いた彼のバッグに手を入れて探って、優一が言う。

「……お、一つだけあった。これはたぶん、きみと伊豆に行ったときの残りかな?」

なんの話かと、頭を持ち上げて振り返ると、彼の手にはコンドームの袋があった。

優一とそれなしでセックスしたことはなかった。

でも体内保護具はつけているし、発情しているわけでもないのだから、いくらオメガでも妊娠することはまずないだろう。いっそ最後くらいそのままの彼を味わいたいと、内心そんな気持ちもなくはない。

だが、それこそここにきて何か間違いでもあったら大変だ。そして優一には、間違いを起こす気など万に一つもないのだとわかっている。

そのことにもかすかな切なさを覚えながら、水樹は訊いた。

「……俺に、つけさせてくれませんか」

「これを? かまわないよ」

優一が言って、コンドームをよこしたので、水樹は一度彼の上から脇に退き、袋を開けて中身を取り出した。

鋭く屹立した優一の雄に手を添え、空気が入らないよう丁寧に切っ先にかぶせ、ゆっくりと幹のほうに下ろしていく。

このごく薄い隔たりが、結局は優一と自分とを分断する。彼は永遠に自分の番にはなり得ないアルファなのだと、水樹に知らしめてくるかのようだ。

「おいで」

いつもと変わらぬ甘い声で、優一が誘う。

もうその声だけで泣きそうだ。最後までこんなふうに優しいなんて、大人はずるい。

泣くのを我慢しながら彼の上にまたがり、手を彼自身に添えながら腰を落とす。

熱い頭の部分が、切なく震える水樹の後ろに触れ、ぐぷりと体を貫いてきて……。

「ぁっ……、あ、ンん……っ！」

途中から口に手を当てて声をこらえたけれど、優一を受け入れただけで止めようもなく絶頂を極めてしまい、ビクンビクンと体が何度も跳ねる。

優一が水樹自身の先端をそっと手で包んでくれなかったら、彼の胸や腹の上に勢いよく白いものをまき散らしてしまうところだった。達きながらぐるりと周りを見回し、ティッシュペーパーの箱になんとか手を伸ばして引き寄せる。

彼の手と自分自身とをティッシュで雑に拭うと、優一が慈しむような目をしてこちらを見上げ、甘く告げてきた。

「可愛いね、きみは。そんなに慌てなくても、いつもみたいに楽しめばいいよ」

「……」

「何度でも達っていいよ。きみが欲しいだけ、あげるから」

「……ん、ふっ！　ぅ、う……！」

下から優しくゆっくりと、優一が水樹を突き上げてくる。

いつもと変わらない、優一とのセックス。

とても気持ちがいいのに、これが最後だと思うと本当に哀しくて、なんだか心が忙しい。あえぎながらむせび泣いてしまいそうだから、声を殺さなければならないのはむしろ幸運だったのかもしれない。

彼のボリュームも、ずしりとした律動の重さも、全部忘れたくない。

ほかの誰かのものになる運命でも、せめてこの体が感じたことは、何もかも覚えていたいのだ。彼を好きだという気持ちも、すべて――。

自らも腰を揺すりながら、水樹はただそれだけを思っていた。


「……そうですか、大学では文化人類学を。とても興味深い学術分野ですね」

その週末、日曜の午後。

都心にある高級ホテルのティールームで、水樹は優一とともに、賢人と会っていた。

水樹の父を交えた正式な顔合わせの前に、まずは三人で会っておこうというのは、事前に二人で取り決めたことだったようだ。

席に着いてからまだ当たり障りのない話しかしていないのだが、目の前に向き合って座ってみると、やはり賢人には、オメガとしてほとんど無条件に惹かれるものを感じる。

でもこの反応は本能のなせる業なのだと、水樹はもう知っているので、そこは一歩引いて落ち着いていられた。

場所もそれほど堅苦しくないところだし、なんだかまだ、見合いをしているという実感がない。

「ブレンドコーヒーを二つと、ホットティーをお持ちしました」

「ああ、ありがとう。ホットティーは彼に」

オーダーした飲み物を運んできたウエイターに、優一が短く告げる。

ウエイターが去っていくと、優一が賢人を見て、小さくうなずいた。

コーヒーをブラックのまま一口飲んで、賢人が言う。

「さて、水樹さん。そろそろ本題に入りたいと思うのだが、よろしいかな？」

「……っ！　はいっ」

穏やかな声音だが、何やら少しビジネスライクな雰囲気に、思わず姿勢を正す。

賢人が真っ直ぐにこちらを見つめて言う。

「少々直截なことを申し上げるが、言うまでなく、私はアルファで、あなたはオメガだ。私はアルファとして生まれ育つ中で、ある程度戦略的な結婚をするのはアルファの責務であると、そのように教えられてきました」

賢人がよどみのない声で言って、思案げに小首をかしげる。

「ですがもちろん、誰でもいいというわけではない。結婚するとなれば番の関係になり、少なくともあなたにとっては、人生における選択肢が大きく狭まることになる。その点は、きちんと理解していらっしゃいますか」

「……は、はい。それは、もちろんです」

「一応お訊きしておきますが、今、好意を抱いている方などは？」

「えっ、と……、特には、いません」

優一を好きだなんて間違っても言えないから、そう答えはしたが、まるで就職の面接でもしているみたいだ。

「戦略的な結婚」というのは、アルファとオメガの婚姻においてはありふれた実態ではあるし、見合いが面接のようだとしても何もおかしくはないのだが、正直言って少々ドライすぎるのではないかとも感じる。

それとも、見合いというのはそもそもこういうものなのか……？

「……あー、賢人。それだとちょっと、尋問ぽいっていうか。水樹が委縮しちゃうよ」

優一が横から軽く口を挟んでくる。

「新人採用の役員面接じゃないんだから。もっとおまえが思ってること、ちゃんと伝わるように言って？」

親友の気安さなのか、優一が駄目出しするみたいにそう言うと、賢人が何か思い当たったような顔をして、かすかに苦笑した。

少し打ち解けた表情でこちらを見て、賢人が言う。

「……大変申し訳ない。優一にはよく言われるんです。私の言葉は、気持ちが伝わりづらいとね」

「そう、なんですか？」

「でも、私が言いたいことはシンプルです。番というシステムが一人のオメガの未来を狭めるものである以上、たとえ戦略的な結婚の相手であっても、私はきちんと愛を育みたい。そうできる相手と番の絆を結びたいと考えているのです。できればあなたも、同じように思ってくれていたらいいなと」

「……賢人さん……」

ドライな面接みたいだと思ったが、どうやらそうではなかったようだ。

賢人は番となったオメガの将来をアルファとして考え、大切にしたいと思ってくれている。

だから愛し合える相手を選びたいと考えてくれているのだ。

アルファにそんなふうに想ってもらえるのなら、オメガとして心強いし、喜ばしいことでもある。

水樹は少し安堵して、うなずいて言った。

「そうできたら嬉しいと、僕も思います」

「それを聞いて安心しましたよ、水樹さん」

賢人が言って、優一に目を向ける。

「優一、よければ少し、二人で話をさせてもらえないか」

「もちろんかまわないよ。ここの上の、ルーフテラスで待ってる。話が終わったら呼んでくれ」

優一が賢人と水樹を順に見てから、すっと席を立つ。

ティールームを出ていく優一を見送って、賢人がふう、と一つため息をつく。

「なるほど。あいつはいつものあいつだが……、そうだな、強いて言えば、あいつらしすぎるような気がするな」

「……？　なんのお話ですか？」

「友人としての所感ですよ。彼は私が考えていたよりもずっと、あなたのことを大切に思っているのだなと、そう感じたのです」

賢人が言って、コーヒーを一口飲む。

「きっとだから、あなたを私に——俺に、託そうなんて思ったんだろうな」

「託す……？」

先ほどよりもやや砕けた賢人の口調に、優一との間の長い交遊が覗き見える。

でも、託すというのはどういう意味合いなのだろう。ただ水樹に親友を紹介してくれたというだけではない何かが、この見合いにはある……？

「……賢人さんは、中学生の頃から優一さんと、付き合いが？」

「ええ。都内の同じ中高一貫校に通っていました。アルファが多い学校で、家庭環境も似通っていたので、皆親しく付き合っていましたよ。ただ優一は少し、変わったところのある男だった。アルファとしてね」

「……変わった、ところ？」

「アルファというのは、良くも悪くも自分がアルファであることそのものに悩むことは少ないものです。でも彼は昔から、自分がアルファであることや、オメガとの接し方について、ほかの人よりも深く悩み、考えている男でした」

賢人が懐かしそうな目をして続ける。

「よく覚えているのは、彼がある時期を境に、自分は必ず家を出ると言うようになったことです。理由は聞いていませんが、彼の家はアルファばかりの一族として知られていましたから、何かよくよくのことがあったのではと思っていました。その頃からあいつは、誰かと親密な関係になることから逃げるようにもなったので」

「逃げる……？」

賢人の意外な言葉に、驚きを覚える。

雅樹の番としての優一しか知らないせいか、水樹は今まで、優一にそんな印象を抱いたことはなかった。水樹の両親や水樹に対する態度からは、むしろ親密な関係を大事にしているタイプなのではと感じていた。

でも、心のどこかにほんの少し思い当たるところもある。

水樹は思わず身を乗り出した。

「優一さんにそういうところがあるって、賢人さんは、どうしてそう思われたんですか？」

「彼はあのとおり、人好きのする性格ですから。言い寄られることも多かったのです。中には相愛の関係になった相手もいたのに、優一はさらりと身をかわすように退けてしまった。当時はただ不可解なだけでしたが、それが逃げなのかもしれないと気づいたのは、あとになってからです」

賢人が言って、ほんの少し声を潜める。

「何年前のことだったかな。珍しく深酒をしてひどく酔った夜に、彼は俺にこう言ったんです。自分はろくでもない人間だから、この先誰かと幸せになる資格はないのだと」

「……っ！」

「でもそんな自分でも、誰かが幸せになるために手を貸すことはできる。せめてそうやって生きていこうと思うんだ、とも。だから俺は、あなたの兄上との突然の番宣言や、今こうしてあなたの面倒を見ていることも、優一のその気持ちの表れなのかもしれないと思っていました」

『ろくでもない人間』

それはこの間、優一が洩らした言葉だ。賢人にもそう言っていたのなら、本当に、優一の本心からの言葉なのだろう。誰かが幸せになるために手を貸す、そうやって生きていくというのも、ある意味彼の生き方そのものみたいに思える。

でもどうして優一がそんなことを言ったのか、水樹にはわからない。彼の過去に何があったのか、水樹は知らないのだ。

言葉を失い、呆然と賢人の顔を見つめると、彼がためらいながらも訊いてきた。

「優一と、そういう話をしたことは？」

「……ない、です……」

「日本にいた頃の話なども、何も？」

「ほとんど聞いていません。優一さん、自分のことは、あんまり話してくれなくて……」

きみの知らないことがあると、彼は言っていた。

でも親族たちとのやりとりから、昔何かあったのだろうということくらいは、水樹も察していた。

それが彼の心に影を落としているのだとしたら、何があったのか知りたいし、そういうことを話せる関係にこそなりたかったのだと、今にして思う。

けれど優一は、それを望んでいなかったのだ。

よくよく振り返ってみると、優一は親切ではあったが、親密ではなかったのかもしれない。

水樹を優しく導いてくれ、守るとまで言ってくれたが、彼の内面を見せてくれたことはほとんどなかった。

もしや彼は、あえてそうすることを避けていたのだろうか。

(優一さんは、俺からも逃げようとしてるの……？)

恋人ごっこと称して体をつないでいた関係からの、優一の鮮やかすぎる引き際。

賢人の見立てが正しいのなら、あれも逃げなのかもしれない。

発情した体を慰めてくれたあの晩、問いかけをはぐらかされたように感じたのも、きっと正しかったのだろう。

水樹の気持ちに半ば気づいていながら、いや、気づいたからこそ、優一はそれと向き合うことなく去ろうとしている。水樹という存在から、逃げようとしている。

そんなの、哀しすぎる……。

「優一さんのこと、俺、何も知らなかったのかもしれません。でも俺が知っている優一さんは、とっても優しくて、親切で……、どこまでも素敵な、義兄で……っ」

言葉にするだけで、胸がキリキリと痛む。

こんなにも、優一のことが好きなのだ。自分でもどうしようもないくらい、彼に恋をしてしまっているのだ。

改めてそれを自覚したら、こらえなければと思うのに、涙がぽろぽろとこぼれてきた。

見合いの席だというのに、こんな醜態をさらしてしまうなんて。

「……彼のことが好きなのですね、あなたは」

賢人がスーツのポケットからハンカチを取り出し、すっとこちらに差し出しながら、穏やかな目をして言う。

特に驚いた様子がないところを見ると、とうに察していたのかもしれない。ハンカチを借りて涙を拭う水樹に、賢人が告げる。

「俺はこの縁談を受け入れるつもりはなかった。ただ優一が何を考えてこの話を持ってきたのか、それが知りたかっただけです」

「賢人、さん……！」

「彼に、心から大切に思っている人を任せられる男だと思ってもらえたのは、親友としてとても嬉しいことです。でもあなたを幸せにできるのは、おそらく俺ではないでしょう。あなたの恋が成就するにしろ、そうでないにしろね」

賢人が言って、秘密を打ち明けるみたいに続ける。

「実は俺にも、憎からず想っている相手がいます。自分を貫くことには困難が伴うかもしれないが、良くも悪くもそれが生きるということだ。俺はそう思っていますよ」

賢人の言葉に、また涙があふれてくる。

この人はとても素敵な人だと、素直に思うけれど、自分が好きなのは優一だ。優一と生きていきたいと、ただ強くそう思う。

「……賢人さん、ごめんなさい。俺、あなたとは結婚できません」

どうにかそう言って、席を立つ。

「でも、ありがとうございました……！」

そのままティールームを出て、優一が待っていると言ったルーフテラスに向かうべく、水樹はホテルの廊下を駆けた。

優一がせっかく持ってきてくれた縁談なのにとか、両親がどう思うかとか。

もうそういうことは思わなかった。

いや、心の隅でほんの少し思いはしたけれど、水樹はもう「いい子」には戻りたくなかったのだ。

今はただ、自分の気持ちに素直になりたい。

オメガとして生きてきて初めて、水樹はそれだけを思って――――。

「……！」

突然横合いから腕をつかまれ、体を強く引っ張られてバランスを崩したので、一瞬めまいでも起こしたのかと思った。

トイレの入り口に連れ込まれ、驚いて顔を向けると、見覚えのないベータの男が二人、水樹の顔を覗き込んでうなずき合っている。

身の危険を感じて叫ぼうとしたその途端、口と鼻を布か何かで覆われた。

（な、に、これ……？）

抗おうと思うのに、体に力が入らない。

わけがわからないまま、水樹は意識を失っていた。


『――――ん、んん、「パパ」、これ、美味しい』

『よしよし、いい子だ。もっとお食べ』

『僕にもください、「パパ」』

『いいとも。たんとおあがり』

『ん、ン』

少年のような声と、中高年くらいの男のざらりとした声。

かちゃかちゃと鳴る音は、食器を使う音のようだ。甘い匂いはバターとメープルシロップに似ている。

誰かが近くで、パンケーキか何かを食べている……？

「っ……？」

泥のような眠りから目覚め、水樹が目を開くと、そこはレトロ調の内装の洋室だった。

奥には重そうな木のテーブルがあり、アルファらしき体の大きな男が、こちらに背を向けて安楽椅子に腰かけている。

その足元にはほとんど裸同然の少年が二人、何かの毛皮のラグにぺたんと尻をついて座っている。男が切り分けたパンケーキをフォークに刺して差し出すのを、まるで餌をもらうペットか何かのように順に口に入れてもぐもぐと食べている。

何やら異様な光景に、頭が混乱する。

(……ここ、どこなんだ……?)

何があったのだったか思い出そうと、目を閉じる。

水樹はホテルのティールームで賢人と見合いをしていた。

でも優一への気持ちをちゃんと自覚し、彼に想いを告げようと飛び出して……。

(男が二人いた。俺、もしかして、連れ去られて……?)

恐ろしいことだが、気を失わされたのだ。そしてそのまま、どこかわからない場所に連れてこられた。

今横たわっているのは、あの少年たちの尻の下にあるのと同じような毛足の長いラグの上。

試しに体を動かそうとしてみたが、腕は後ろに回されて括られており、足も縛られていて体を自由に動かせない。

やっと状況がのみ込めてきて、ゾッとしてしまう。

『ふむ、いい子だ。今度はミルクを飲みなさい』

『はい、「パパ」』

気味の悪い会話に震えながら、薄目を開けてちらちら見てみると、片方の少年が男の差し出す皿に口をつけて、猫のようにミルクを飲んでいる。

華奢な体つきや佇まいからすると、少年たちはどうやらオメガのようだ。でも首にはチョーカーをつけてはおらず、よく見るとどちらの首にもうっすら噛み傷が見える。

まだ十代の半ばくらいに見えるのに、もう番のアルファがいる……？

「……『パパ』、あの人、起きたみたい」

「！」

ミルクを飲み終えた少年がこちらを見て、たいして興味もなさそうな声で言う。するともう一人の少年にミルクをやっていた男が、ゆっくりとこちらを振り返った。

「……あっ……、あなたはッ……！」

安楽椅子に座るアルファの男が、優一の叔父の健介だと気づいて、ぎょっとして叫んだ。にたりと笑って、健介が言う。

「おや、起きたのか。水樹、という名だったかな？」

「どうして……っ」

「井坂家の力をもってすれば、名や出自を調べるくらい造作もないことだ。優一も義弟だと言っていたしな」

健介が言って、ミルクの入った皿をテーブルに載せる。

「おまえたち、一階で遊んできなさい。ワシはこれから、このオメガをしつけなければならんからね」

「はい、『パパ』」

「わかりました、『パパ』」

少年たちが立ち上がり、水樹の脇を通って部屋を出ていく。

腰のあたりに申し訳程度に布を巻いただけの、ほとんど裸の少年たち。

すれ違いざまにその首を見ると、やはり噛み傷がついているのがわかった。

この国の法律では、アルファがオメガの首を噛んで番の関係を結ぶためには、ともに結婚ができる十八歳以上でなければならないはずだ。

でもあの子たちはどう見ても十四、五歳だった。

孫ほどの年なのに健介を「パパ」などと呼び、あんな格好でペットみたいに食事をさせられているなんて、これはどう考えても――――。

「不安になることはないぞ。おまえもすぐにあの子らの仲間入りをすることになる」

健介が安楽椅子から立ち上がり、ゆっくりとこちらにやってくる。

「二十歳の学生だといったか。まあ少々とうが立ちすぎてはいるが、見てくれは悪くない。我が楽園で飼うのに、不足はないな」

「ら、く、えん？」

「そうとも。こうして見ると、髪も肌艶もいいじゃないか！」

健介が目の前に屈み、目を細めて言う。

「なるほど、優一が菱沼の跡取りに差し出そうとしたのもうなずける。おまえは処女か？ それとも、性技のほうも十分に仕込まれているのか？」

「つ、さっ、触、らなっ」

服の上から尻を撫でられ、身をよじって抵抗する。

だが力の差はどうしようもなく、水樹はひょいと体を上向かされ、括られた手首を背中の下に敷かれた痛みで小さくうめいた。

健介が加虐の悦びを示すような残酷な笑みを浮かべながら、水樹のシャツの前を開いて胸と腹とを露わにする。

ギラリと光るその目が、水樹の首に向けられて……。

「や、やめっ……！」

首の後ろに手を入れられ、首を守るチョーカーを乱暴にむしり取られたので、思わず悲鳴を上げた。

アルファの前で無防備に首をさらすなんて、オメガにとっては裸にされるのと変わらないほどの恥辱だ。もっとも簡単にオメガの尊厳を貶めるその行為をためらいもなく行ってみせた理由を悟って、水樹は震え上がった。

（俺をここで、飼うつもりなのっ？）

『楽園で飼う』

健介が言った言葉の意味がわかり、愕然とする。

オメガなど所詮アルファの所有物にすぎない、と健介は言っていた。優一のことを、オメガの飼い方もしつけ方も知らないなどと言って罵倒してもいた。

もしや先ほどの少年たちは、この男の番にされてここで「飼われて」いるのか。そして水樹のこともそうするつもりで……？

（嫌だ、そんなの……！）

発情していなければ、噛まれて番にされることはないだろうが、ここに監禁されて抑制剤を飲めないでいたら、水樹もじきに発情してしまう。

そして言うまでもなく、発情していようがいまいが、この男がその気ならいつだって水樹をレイプできるのだ。

本能的な恐怖で動けなくなった水樹を、健介がねっとりと淫靡な目つきで見下ろす。

「ふふ、そんなに怯えることはなかろう？　いい子にしていればたっぷり可愛がってやるぞ？」

「い、やですっ、そんなっ」

「ワシはこれまで何十人ものオメガと番い、養ってきた。飼育には誰よりも慣れている。悪いようにはせんから……」

「やっ！　嫌、だっ！」

健介がキスでもしようとするみたいに顔を近づけてきたから、頭をぶんぶんと振って抵抗した。額がゴツンと健介の口元に当たり、彼がかすかに眉根を寄せる。

すると次の瞬間、アルファの大きな手でぴしゃりと、ぴしゃりと左右から思い切り頬を打たれ、目の奥に火花が散った。

痛みにうめく水樹を見下ろして、健介が冷たい声で言う。

「やれやれ、本当に生意気なオメガだ。優一の甘やかしにすっかり慣らされていると見える。まったくあの偽善者め！」

健介が忌々しげに吐き捨てる。

「オメガなど、早々に番にして意のままにすればよいのだ。それがアルファの本能だというのに、あれはそれをよしとせず、親のあてがった発情したオメガを何度も逃がした。最後には押さえつけて無理やり噛ませたようだが、困った息子だと、兄夫婦も憂えていたものよ！」

衝撃的な話に、水樹は思わず息をのんだ。

オメガを番にして意のままにするなんて、そんなのはアルファの本能ではないはずだし、無理やりオメガを噛ませるなどという恐ろしいことを、いったいなぜ――――？

「そんな、こと、許されない……、どうしてっ……？」

「オメガの発情ごときでいちいち理性を失っていては、アルファとしてあまりにも不甲斐なさすぎるからだ。遅くとも十五の年には番のオメガをあてがって、オメガフェロモンの誘惑から解放してやる。それが井坂一族のやり方だ」

こともなげに健介が言って、せせら笑うような顔をする。

「若くして番を得たアルファは、頭脳も精神もほかのアルファより早く成長する。優秀な人材を社会に送り出すことは、アルファが多い我が一族の使命なのだ。オメガとて、その礎になれるのなら本望だろうが？」

「何を勝手な……！　オメガだって一人の人間なのに！」

悔しくてそう言い返すが、健介は嘲りの表情で鼻で笑うだけだ。

やはり優一の言っていたとおり、井坂の家の人間はおかしい。こんなゆがんだ思考を平然とするなんて……！

「どのみちおまえはもうワシのものだ。今すぐ番にしてやるから、おとなしくしていろ」

健介が言って、部屋の隅の戸棚のほうに歩いていく。

今すぐ、といったところで発情しているわけでもない。

番にされることはないだろうが、乱暴するつもりなのか。

怯えていると、健介が何か小さな瓶を二つと、細長いビニールの袋に入ったものを持ってきて、テーブルの上に置いた。

パキッと音を立てて瓶を開けてから、細長い袋を破ると、そこから出てきたのは一本の注射器だった。

「……っ……？」

いったい何をする気なのか。その液体はなんなのか。

恐怖に震えながら見ていると、健介は慣れた手つきで瓶の中身を注射器に吸わせ、それをもう一つの瓶に入れてまた吸わせた。

そうして針を上向け、手際よく空気を抜く。

健介がこちらを見て、酷薄な目をして言う。

「怖がることはないぞ。薬が回ればおまえは何も考えられなくなる」

「な……、まさか、麻薬っ？」

「そんな下等なものではない。脳や臓器を傷つけるようなものを使っては、おまえの肉体の価値が下がるではないか！」

呆れたふうにそう言って、健介がこちらにやってきて傍に屈む。

「これはな、『発情薬』だ」

「は、つじょう、やく？」

「オメガの発情不順を治療するための、れっきとした医薬品だぞ。これを注射すればオメガフェロモンの分泌をうながし、即座に発情させることができる」

「そ、んなっ」

「痛みは一瞬だ。発情したら、すぐにワシのものにしてやるぞ！」

「いやっ、嫌だっ、そんなの、絶対に嫌だっ！」

まさかそんなものを使われるなんて思わなかった。

こんな男に発情させられて犯され、噛まれて番にされるくらいなら、死んだほうがましだ。

殴られても蹴られても、なんとしても抵抗しなければと、手足を縛られた体をどうにか動かしてラグの上を転がる。

健介が楽しげな声で言う。

「おお、元気なものだな！　これは可愛がりがいがあるぞ？　よーし、それなら逃げろ、それ、逃げてみろ！　ははははっ！」

健介が嘲笑し、はやし立てながら、懸命にラグの上を這う水樹を追い立てる。

オメガの尊厳などなんとも思わず、拘束して薬を使って発情させ、番にして我がものにしようとする。

世の中にこんなにも品性下劣なアルファがいるなんて、こうして目の当たりにしてみても、信じられない気持ちだ。優一がどんな思いで家を出て海外にまで渡ったのか、今ならわかりすぎるほどよくわかる。

まともなのは優一のほうだということも。

「ううっ」

「さあつかまえたぞ、小賢しいオメガめ」

少年たちが出ていった部屋の入り口まで這い、廊下の先に一階への階段があるのが目に入ったところで、健介に髪の毛をつかまれて頭を持ち上げられた。

健介が舌なめずりをしながら顔を近づけて、加虐行為を楽しむように水樹の頭をぐいっと後ろにそらせる。

「まったく悪い子だな、おまえは。番にしたらたっぷりお仕置きをしてやらなければな？」

健介が言って、水樹の顔の前に注射器を持ち上げる。

首のあたりに刺そうとしているのか、ちょうどいい角度を探る健介の顔に、吐き気を覚えて顔を背ける。

刺されると覚悟した、その刹那。

一階のほうから、何かががしゃんと割れる音が聞こえてきた。

続いて先ほどの少年たちなのか、わぁわぁと叫ぶ声が聞こえたので、健介が忌々しそうに階段のほうを見る。

「……これだからオメガというやつは！　おいおまえたち！　いったい何を壊したんだ！」

健介が叫ぶが、返事はない。何かよほどまずいものを壊したのか、それとも……。

（……あれ……、この、匂いって……？）

水樹がよく知っている、何よりも慕わしく、幸福な匂い。

というか、正確にはそれがこれから立ち現れるであろう、予兆のようなもの。

この家の中から不意にそんな気配が感じられたので、はっとして目を見開いた。

どうしてそんなことがわかるのか、これがなんなのか、上手く説明はできないのだが、水樹は今、はっきりと感じている。

この気配は、間違いなく――――。

「ゆ……、いち、さん」

「なに？」

「……優一、さんっ……、優一さんっ、優一さぁあんっ！」

自分はここにいる。どうか今すぐ助けに来てほしい。

そんな願いを込めて、腹の底から彼の名を呼ぶ。

すると一階からドンと音がして、誰かが二階に駆け上がってくるのがわかった。

健介がはっとして立ち上がった瞬間、階段から優一が姿を現した。

「水樹ッ！　……このっ、水樹から離れろッ！」

優一の手には、金属の棒のようなものが握られている。

優一がこちらに駆け寄り、健介が身構えるよりも早く、腕に思い切り棒を振り下ろしたので、注射器がはね飛んで廊下の床に突き刺さった。

健介が慌てて拾い上げようと手を伸ばしたが、一瞬早く優一が踏みつけ、パキッと音を立てて注射器が折れる。

すかさず優一が、健介の左の頬にガツッと拳を見舞う。

「ぐ、ぅ……」

健介が唸り、気を失って膝から床に崩れ落ちると、優一が水樹の前に屈み、緊迫した声で訊いてきた。

「水樹、大丈夫か？　怪我はっ？」

「大丈夫、です」

「ごめんね、遅くなって。何かされる前でよかったけど、怖かっただろう？」

優一が言いながら、水樹の背中に回された手と足を縛る縄をほどいて、怪我などしていないか確認する。

先ほどの予兆ほど強烈な匂いではないし、発情していたときみたいに劣情を催したりはしないが、優一からはちゃんと彼の匂いがして、助けられたのだと実感する。

マリン系の香水のような、水樹にとってどこまでも安心できる匂いだ。

抱き上げられて部屋から運び出され、ほっとしたせいか泣きそうになりながら、水樹は訊いた。

「優一さん、ここ、どこ？」

「千葉にある健介叔父の別荘だよ。気に入ったオメガを連れ込んでるらしいとは聞いていたけど、まさかきみがターゲットにされるなんて思わなかった。まあ、僕への嫌がらせの意味もあるんだろうけど」

優一が階段を下りながら、小さく首を横に振る。

「賢人の秘書の佐々木がね、送迎のための車を地下に止めてて、そこで見合いが終わるのを待ってくれてたんだけど、きみが怪しげなバンに連れ込まれるのを見て、連れ去りに気づいてくれて。そのままバンを追いかけるよう、賢人が指示してくれたんだ」

「お二人が……」

「僕も追いかけるって言ったら、賢人に警察に通報したほうがいいかって訊かれたんだけどね。僕はものすごく腹が立っていたから、自分でけりをつけることにしたんだ。オメガのきみの名誉も守りたかったしね」

「優一さん……」

連れ去られて無理やり番にされそうになったのだから、普通に考えたらこちらは被害者だ。なのにこうした事件に巻き込まれると、どうかするとオメガは、傷物になったと世間に後ろ指をさされたりすることもある。

「外で佐々木が待ってくれてる。賢人にきみの無事を伝えてもらって、僕たちはひとまず、家に帰ろう」

優一が言って、水樹を抱いたまま玄関のドアを開ける。

水樹は黙って優一にしがみついていた。

優一に訊きたいことや話したいことが、たくさんあった。

でも優一の車で家に戻る途中、水樹は疲れを感じて眠ってしまった。

気づけば水樹は二人で暮らす四谷のマンションに帰ってきていて、寝室のベッドに横たわっていた。

『────うん、とにかく家には連れ帰った。……そうだね、その点で協力してもらえるのは嬉しいけど、おまえと水樹とのことは、どうかもう一度……』

開いたドアの向こうから、優一の声がする。話しぶりからすると、賢人と電話をしているようだ。

のそりと起き上がってみると、部屋の隅に段ボール箱がいくつか積んであるのが目に入った。

カリフォルニアに送る優一の引っ越し荷物だ。彼は来週には向こうに帰ってしまうのだと、哀しい現実を思い出す。

(でも、俺は賢人さんとは結婚しないって決めたんだ)

優一にも両親にも、申し訳ない気持ちは当然ある。

けれど、自分の気持ちを偽りたくはないのだ。

水樹はさっとベッドを下り、部屋を出て廊下を歩いた。

リビングの南向きの大きな窓に背を向けて電話していた優一が、水樹に目線を向けて言う。

「……水樹が目を覚ました。彼と話すよ。あとでまた」

短く言って、優一が通話を切る。

困ったようなあいまいな笑みを見せて、優一が言う。

「賢人と話してた。見合いは破談になったとしか教えてもらえなかったんだけど、どうしてなのか、きみに訊いてもいいかい？」

「はい。俺が、お断りしたからです」

「それは、なぜ？」

「俺が好きなのは、優一さんだから。ほかの人とは結婚したくないと思ったからです」

彼の目を見てそう告げると、優一には珍しく、かすかな狼狽の色を見せた。

それを誤摩化すように、優一が首を横に振る。

「水樹、それは幻想だよ」

「幻想なんかじゃないです。俺は優一さんのこと……！」

「ごっこ遊びは終わったんだ。引きずられないで？」

「引きずられてなんかっ……」

そうやってまた子供扱いをして、と感情的に叫びそうになったが、それではますます気持ちが通じないのではないか。水樹はそう思い、真っ直ぐに優一を見据えた。

「引きずられてなんかいません。俺の気持ちを、そんなふうに否定しないでください」

声を震わせながらもきっぱりと言うと、優一が小さく息をのんだ。

優一に想いを伝えるには今しかない。思っていることを全部言わなければ。

水樹はぎゅっと拳を握って告げた。

「幻想なんかじゃ、ない。俺は優一さんのことが好きです。絶対に、ほかの誰かじゃ駄目なんです」

「水樹……」

「その気持ちから、俺は逃げたくない……。本気だから、否定したくないんです。優一さんも、俺から逃げないでちゃんと向き合ってよ！」

泣きそうになりながらも、思ったままを告げると、優一がああ、と小さく声を発して天を仰いだ。

水樹の言葉にショックを受けた様子だ。

でも、これは水樹の偽らざる感情だ。それが伝わらないような人なら、水樹はたぶん好きになってはいない。

祈るような気持ちで見つめていると、長い沈黙のあと、優一が儚い笑みを見せて、観念したみたいに言った。

「……そうだね。僕は逃げていた。やっぱり、わかってしまうんだな」

「優一、さん……、あ……」

優一がこちらに近づいて、水樹の体をそっと抱き寄せる。

彼の匂いが、水樹を優しく包み込む。

「僕は……、僕も、きみが好きだよ。できるなら、きみとともに生きていきたい」

「……っ……」

「でもそれが許されることなのか、僕にはわからない。よかったら一緒に考えてくれないか？」

「一緒、に？」

誰かを好きになること、ともに生きていきたいと思うことに、許されるとか許されないとか、そんなことがあるのだろうか。

許されないのだとしたら、いったいなぜ、どうして――――？

『僕はあなたたちとは、違う』

彼のレストランの店先で、優一が健介にこわばった顔でそう言ったのを、どうしてかふと思い出す。

オメガを人とも思わない井坂の家で育ったアルファの優一が、誰かと親密になることから逃げるようになったこと。

そして自分をろくでもない人間だと言い、誰かと幸せになる資格はないのだと考えるようになったこと。

そこに何か原因があるのだとしたら、それはもしかしたら、健介が言っていた出来事のせいかもしれない。

発情したオメガをあてがわれ、無理やり番にさせられたという話が本当なら、オメガに加害行為をしたことに、優一が罪の意識を抱いていたとしても不思議はない。

誰かと幸せになるなんて許されないと思ったとしても、おかしくはないけれど。

「優一さんは、悪くないと思います」

「え……？」

「さっきあの人に聞いたんです。優一さんが昔、オメガと番になるよう強制されたってことを。でもそれが本当なら、優一さんだって被害者でしょうっ？」

おずおずとそう言うと、優一が目を見開いた。

「あの人たちとは違うって、優一さん、言ってましたよね？　俺もそう思います。優一さんは、ろくでもない人間なんかじゃないです！」

水樹の言葉に、優一が哀しげな、でも少しだけ、嬉しそうな顔をする。

「きみは、僕が考えていたよりもずっと、強い人なんだね。きみにそんなふうに言ってもらえるなんて、思ってもみなかった」

優一が水樹を抱く腕をほどき、顔を背けてぼそりと言う。

「でも……、どうだろうね。僕にはとても、自分が被害者だなんて思えないけど」

「そんなこと……」

「あのとき、僕はまだ十五だったけど、それを言い訳にはしたくない。親が身寄りのないオメガをどこからか連れてきて、僕の目の前で発情させて噛めと命じたのは、そのときが三度目だった。何度だって抵抗を諦めるべきではなかったのに、僕はそうしなかったんだから」

淡々と告げられた過去の出来事に、心が痛くなる。

健介が言ったことは事実だったのだ。

優一が水樹から離れてリビングの窓へと近づき、外を見ながら言う。

「あの子とは、それ以来二度と会っていない。でもアメリカに渡ったばかりの頃、理由もわからず心に穴が開いたような気持ちになったことがあった。遠く離れた場所で番を失ったアルファはそうなることが多いと聞くから、きっともう、この世にはいないんじゃないかと思う」

「……それは……、でも、それって優一さんの、せいじゃ……」

「僕とかかわっていなくても、結果は同じだったかもしれない。それは僕もわかっているよ。でも、だったらせめてアルファとしてその子をちゃんと見守ってやりたかった。それもまたアルファの思い上がりで、何をしたところで罪滅ぼしになんかならないってことは、もう十分、骨身に染みていることではあるけどね」

優一が言って、自嘲するみたいに続ける。

「そう、思い上がった高慢な人間なんだよ、僕は。よかれと思ってする行為には人の驕りがある。だから雅樹もあんなことになったのに、きみまでこんなふうに惑わせて。本当にどうしようもない人間だ、僕は」

(……兄さんも、って……?)

どうしてそこに雅樹が出てくるのか。

訊きたくてたまらなかったが、訊くのが怖くもある。

何も言えずにいると、優一がこちらを振り返って顔を見つめてきた。

そしてどこか決然とした様子で、リビングの隅に置かれた段ボール箱に歩み寄る。

それも引っ越し荷物だが、まだ封がされていなかった。

優一が中を探って小さな本のようなものを取り出し、こちらに持ってくる。

手渡されたので開いてみると、写真がいくつか貼られたアルバムだった。

「優一さん、これは……？」

写っているのは雅樹と優一、ほかに水樹の知らない数人の男女。

バース性はだいたいベータで、見た感じオメガは雅樹だけだ。

バーベキューか何かを楽しんでいるところを撮った、笑顔の多い明るい写真ばかりなのだが
……。

「大学の友人と、雅樹のウエルカムパーティーをしたときの写真だ。同時期に日本から留学してきた人たちと、一緒にね」

そう言って優一が、雅樹と並んで写真に写っている一人の男性を指し示して訊いてくる。

「きみはこの人を知っている？」

「……？　さあ、知らない人だと思いますけど、ベータの人、ですかね？」

「そう、彼はベータだ。雅樹と同じ留学エージェントの紹介で、一緒に留学してきた。誰も二人のことを知らない異国の地で、ひっそり結ばれるためにね」

「はっ……？」

「彼は雅樹の恋人だ。二人は心から愛し合っていた」

「ちょっ、待ってください！　いったい、何を言ってるんですかっ？」

優一の言っていることがよくわからず、混乱しながら問いかける。

小さくうなずいて、優一が言う。

「わけがわからないだろうね。でも、本当にそのとおりなんだ。彼とは高校生の頃に知り合ったと雅樹は言っていた。いつか日本を出て結ばれようと約束し合って、そのために留学という手段を取ろうと決めた。もしもそれを非難されたら、二度と帰らないとも」

雅樹にそんな相手がいたなんて知らなかったし、そのために留学したなんてとても信じられない。事情がまったくのみ込めなくて、水樹は首を横に振った。

「そんな……。じゃあ兄さんは、その人と別れて、優一さんと？」

「いや。二人は最期のときまで相思相愛の仲だった。僕と雅樹はね、本当は、番の関係ではなかったんだ」

「……！」

さらりとこれ以上ないほどの衝撃の事実を知らされて、一瞬息が止まりそうになった。優一がさらに言う。

「日本ほどではないけど、アルファのいないオメガに対しては、海外でもいくらか風当たりが強いからね。アルファの友人として、表向き僕が雅樹の番のふりをして、二人の関係を守ろうとしたんだ。それは僕の提案だったが、ちゃんと三人で合意したことだった」

三人で一緒に写った写真を見つめて、優一が眉根を寄せる。

「でも雅樹の恋人は、徐々に雅樹の心変わりを疑うようになった。ひどい嵐の晩、彼はちょっとした誤解で僕と雅樹を激しく罵って、家を飛び出していった。雅樹が追いかけてちゃんと誤解は解けたけど、二人とも帰ってはこなかったんだ。二人が乗った車が大雨で事故を起こしてね」

「……その人も、亡くなったってことですか？」

「そうだよ」

事故とは聞いていたが、恋人と二人で亡くなったなんて思いもしなかった。思わず絶句していると、優一が水樹の動揺を察したみたいに軽くうなずいた。

「驚くのは当然だ。誰かにこの話をしたのは今が初めてだからね。でもたぶん、お義父さんは気づいていたんじゃないかと思う。僕と雅樹の『偽装結婚』に」

「父さんがっ……？　でも偽装結婚だなんて、どうしてそんなことまで……？」

「名誉を守るためだよ。雅樹と相沢家のね。何しろベータとオメガのカップルだ。法律的にはなんの問題もない関係だけど、日本ではそれだけで誹謗中傷の的になる。でもアルファの僕が一言、雅樹は僕のオメガだったと言えば、それですべて丸くおさまる。嘆かわしいことだが、それがこの社会の現実だ」

優一が言って、言葉を選ぶように慎重に話を続ける。

「だけどね。本当は番のふりなんて小細工をせずに、二人の関係をみんなの前で肯定して、祝福するべきだったのかもしれないとも思う。世の中を変えるためにアルファにできるのは、そういうことじゃないか？」

「それは……」

「今でも僕が二人を殺したのかもしれないって、そう思っているよ。アルファとして、友人として、二人の関係を守ろうだなんて、僕がそんなおこがましいことを思いついたせいで、二人は死んだんだってね」

「っ……」

あまりにも悲痛なその言葉を否定したくて、何か言おうとしたけれど、上手く声が出なかった。

優一が哀しげな目をして左手の結婚指輪に目を落とす。

「これを虫よけだと言ったけど、本当は戒めのためにつけていたんだ。二人のオメガと一人のベータを不幸にしてしまった僕には、この先自分の幸せを求めるなんて許されない。いつでもそれを、ちゃんと思い出すためにね」

(そんな、ことって……！)

許されることなのか、それともそうでないのか。

その疑問は、水樹の想像も及ばないくらい、いつでも優一に重くのしかかっていたのかもしれない。そしてその答えは、今まで一度として揺らぐことはなかったのだろう。

優しく鷹揚で包容力のある大人のアルファの顔の裏で、優一はずっと、重い罪の意識にさいなまれていた……？

（……でも、違う。それはおかしい。幸せを求めることが、許されないなんて）

過去に何があったのだとしても、人はずっと生き続ける。新しい場所で誰かと出会い、好きになることだってあるだろう。その人と添い遂げたいと思うこともだ。

なのにそれが許されないことなのだとしたら、人が生きていく意味とはなんなのだろう。優一が生きていく意味とは――――？

「……ごめんね水樹。一緒に考えてなんて言ったけど、やっぱりこれは僕の問題だ。きみに背負ってもらうわけにはいかない」

優一が水樹の手からアルバムを持ち上げ、また段ボール箱まで持っていって中にしまう。

そのままこちらを振り返って、切ない声で言う。

「やっぱり僕は、きみにはふさわしくない人間だと思う」

「……違う……、優一さん、それは違います」

「もちろんきみの気持ちは嬉しいよ。僕もきみのことが大好きだ。だけど僕には、きみと幸せになる資格は……」

「資格だなんて！　どうしてそうなっちゃうんですかっ？　そんなの絶対おかしいです。優一さんが言ってること、絶対に間違ってますっ！」

思わず叫ぶと、優一が口をつぐんだ。

絶対に間違ってる、なんて強い言い方を、今まで誰かにしたことはなかった。

何がどう間違っているのか、正直自分でもちゃんとわかってはいないし、何を言ったところで言い負かされてしまうかもしれないけれど。

「賢人さんが教えてくれました。優一さんが、自分はこの先誰かと幸せになる資格はないけど、誰かが幸せになるために手を貸すことはできる、そうやって生きていこうと思うって言ってたって」

「……賢人が……？」

「優一さんがどうしてそんなことを言ったのか、俺にはわからなかったけど、今やっとその意味がわかりましたよ。優一さんは、『いい人』になろうとしてるんだ。そういうの、もうやめましょうよ！」

「水樹……」

「悪い子になりたいって、俺はずっと思ってました。でももういい子にも悪い子にも、俺はなりたくない。ただの俺でいいから、優一さんと一緒に生きていきたい。優一さんのことが好きだから、ずっと傍にいたいんですっ」

水樹は言って、ぐっと拳を握って続けた。

「周りの誰が反対したって、そんなの許されないって言われたって、好きなものは好きなんだから、しょうがないじゃないですか！」

まるで開き直ったみたいな水樹の言葉に、優一が目を丸くする。

子供っぽいと笑われてしまうかもしれないが、ほかになんと言ったらいいのかわからなかった。水樹は優一の傍に近づき、その秀麗な顔を見上げて訊いた。

「それじゃ、駄目ですか？　俺がどんなに好きだって言っても、一緒にいたいって言っても、優一さんには子供のわがままみたいにしか、思えませんか……？」

問いかける声は震え、視界は涙で曇る。

自分がもっと大人で経験豊かなら、もっと上手く想いを伝えられたかもしれない。

でも、今の水樹にできるのはここまでだ。ただ優一を好きだということだけが、水樹のすべてなのだから。

瞬きもせず優一を見つめていたら、やがて優一が、苦しげに目を閉じた。

なんだか泣きそうな顔に見えたから、追い詰めてしまったかと不安になったけれど。

「……子供のわがままだなんて、思わない。思えるわけがないよ」

ゆっくりと瞼を開き、薄い笑みを見せながらこちらを見つめて、優一が言う。

「だからこそ僕は逃げようとしたんだ。きみの愛から……、きみに、許されることから……！」

「あっ……！」

大きな体で包み込むように抱き締められ、ドキリと心拍が上がる。

大好きな彼の匂いが胸いっぱいに広がって、ますます目が潤む。

優一がああ、とため息をついて、甘えるみたいな声で言う。

「まったく、かなわないなぁ、きみには。どうしてきみは、そんなにも強く、純粋でいられるんだい？」

「優一、さんっ」

「でもきっと、僕は最初からわかっていたんだ。きみが僕よりもずっと強くて、大きな心を持っているんだってことを」

優一が言って、抱き締める腕をほどいてこちらを見つめる。

「僕もきみが好きだ。これからもずっと一緒にいたい。だからきみと、番の絆を結びたい」

「……！」

「本当はただ、そう言えばいいだけのことだったのに、僕は何を恐れていたんだろうね。まるで大人のふりをしていただけの、子供みたいだ」

「優一さん……、優一さんっ……！」

『好きだ』、『一緒にいたい』、『番の絆を結びたい』――――。

それは全部、水樹が欲しかった言葉だ。ごっこ遊びのたわむれでなく本心から、優一にそう言ってほしかった。

思わず泣きながらしがみつくと、優一が確かめるみたいに訊いてきた。

「本当に、僕でいいの？　僕だけのオメガに、きみはなってくれるの？」

「優一さんがいいんですっ……、優一さんじゃなきゃ、嫌だっ」

「そんなふうに言ってくれるなんて、本当に嬉しいよ」

優一が言って、水樹の頬に両手を優しく添えて、顔を上向かせる。

「……愛している、水樹」

「ぁ……」

「誰かにそう告げたのは初めてだ。きみにだけだ」

秀麗な顔に温かい笑みを見せて、優一が告げる。

「どうか僕と番になってほしい。そして僕と、結婚してほしい。そうしてくれるかい？」

アルファらしいストレートなプロポーズの言葉が、胸に甘く響く。水樹はうなずいて言葉を返した。

「はい……。俺を優一さんの、優一さんだけの、オメガにしてください……!」

「わかった。僕は僕の罪を背負って、きみと生きていこう」

優一がささやいて、優しく口づけてくる。

大好きな人が、二度と離れていきませんように。

水樹はそう願いながら、優一の首に抱きついていた。

翌日、二人は水樹の実家を訪ね、水樹と賢人の見合いの破談を報告した。

そしてその席で、優一が父に雅樹との本当の関係を打ち明け、水樹との結婚を許可してほしいと申し出た。

あまりの急展開に父は目を丸くしていたけれど、やはり父は、優一と雅樹が番ではなかったことに、うすうす気づいていたようだった。

何より水樹との「再婚」は、父が密かに願っていたことだった。まだ入院中の母も同じ願いを抱いていたから、こちらが拍子抜けするほどスムーズに話がまとまった。

とはいえ、この結婚には一点だけ懸念材料があった。

優一の生活の拠点がカリフォルニアなので、相沢家の一人息子である水樹が海外暮らしになるかもしれない、ということだったのだが――。

『実は前々からいずれはと計画してきたことがありましてね。当初の予定よりも早いのですが、僕もいいかげん堪忍袋の緒が切れましたので、明日にでも実行しようと思います。それが無事にすめば、居住地の問題も解決しますよ』

先日聞いた父の会社の土地契約のトラブルは、実は井坂リゾートによる嫌がらせだった。

父にさらりとその事実を伝えたあと、優一がいつもの穏やかな表情でそう言ったので、いったい何を計画しているのだろうと、父も水樹も首をひねった。

だが翌日、優一が海外の事業をすべて売却、その資金を使って井坂リゾートを買収すると発表したので、彼の言った意味がようやくわかった。

とはいえ、いかに資金力があろうと、一大企業の買収だ。

そう簡単にいくのだろうかと、水樹と父はいくらか心配したのだけれど、なにぶん井坂家の人間たちは叩けば埃が出るような人ばかりで、優一はそのあたりの「交渉材料」となる物的証拠を、実はかなり周到に集めていたらしい。

井坂リゾートが買収され、旧経営陣が全員追放されて優一が代表取締役社長に就任するまで、結局ひと月もかからずに終わった。

優一は日本の企業の経営者として、パートナーとなる水樹と、そのまま四谷のマンションに住み続けることになったのだった。


「お待ちしておりました、井坂様、相沢様。どうぞこちらへ」

銀座の一等地にある、高級宝飾店。

優一と二人でここに来るのは二度目だ。半月ほど前に婚約指輪と結婚指輪を両方注文して、今日はその受け取りのために来たのだった。

応接間のふかふかのソファに腰かけて待っていると、店の主人がケースに入った指輪を運んできた。

「……わぁ」

「いいね。すごく綺麗だ」

まず先に見せられたのは、婚約指輪だ。美しくカットされたダイヤモンドがとてもまばゆくて、見ているだけでうっとりしてしまう。

優一が笑みを見せて訊いてくる。

「気に入ってくれたかな？」

「はい、とても！」

「よかった。きみの指にはめてあげるのが楽しみだよ」

少し前に母が退院したので、来週末に実家で会食の席を設けてある。

いわゆる結納をするので、婚約指輪はそこで受け取ることになっているから、それまではめるのはお預けだ。

続いて主人が、二人の前に二つの結婚指輪を並べる。

(綺麗……)

明るいプラチナの輝きが美しい、丸みを帯びたシンプルな指輪だ。

二つの指輪を交互に見つめる優一に、今度は水樹が訊ねた。

「気に入ってくれました？」

「……うん。素晴らしいよ。ありがとう、水樹」

優一が感慨深げに言って、こちらに笑みを向ける。

二人の結婚指輪を作るのに当たり、優一がずっとつけていた指輪を溶かし込むこと。

水樹の提案に、優一は最初少しばかり戸惑いを見せていたけれど、提案してよかったと思う。

出来上がってきた指輪は静謐な光を放っていた。

まるで二人の未来を照らし出す道しるべのような光だ。

「このままお持ちになりますか？」

「ああ、そうするよ。友達のデザイナーにリングピローの相談をしてるから、実物を見てもらわないと」

「かしこまりました。お包みしますので、しばしお待ちを」

店の主人が言って、指輪を部屋の奥へと運んでいく。

優一と結婚する日が近づいていることを、水樹はしみじみと実感していた。


宝飾店を出たあと、優一の友人のデザイナーと会って軽く打ち合わせをして、結婚式を挙げることになっている井坂リゾートの旗艦ホテルのメインダイニングで食事をしてから、二人で四谷のマンションに帰ってきた。

入浴を終えてもまだ十時すぎだったので、古い映画でも流しながら軽く一杯飲もうということになり、水樹は映画の選定を任された。

「それにしても驚いたな。きみがショウと出会ってたなんて。世間は狭いね！」

キッチンでつまみを用意しながら、優一が声をかけてくる。

「ショウとは小学校が一緒でね。十代の頃はよくつるんでて、六本木のあのクラブにも何回かもぐり込んだことがあるよ。彼にリングピローとフロックコートのデザインを頼むことになったのは昔からの縁があったからだけど、きみともご縁があったってわけだね」

クラブで発情した水樹に、裏口から逃げるよう誘導してくれたアルファ男性のショウ。

優一の友達だったなんて思いもしなかったけれど、アルファというのは、やはり優一やショウや賢人のように、温厚で善良な性格の人のほうが普通なのだろう。

健介のようにオメガを強制的に発情させて無理やり番にしようなどと考えるのは、本当にアルファの風上にも置けない輩だと思う。

とはいえ、理性を失ったアルファが未成年のオメガを番にしてしまう、という「事故」自体は、世間ではそれなりに起こっているらしい。互いの名誉のために、その多くが示談になっているようだ。

少年たちを「飼って」いた件で健介が罰せられることはないだろうと優一は言っていたが、薬物の違法使用の事実を、厚生労働省だかの専門の部署に知られている可能性があり、法の裁きを受けるのは時間の問題とのことだった。

あんな目に遭うオメガが一人でも減ってほしい。

心からそう思うけれど、バース性とその関係性、そこから起こるトラブルや事件は、様々な場所で、いろいろな形で、今このときも起こっているのだろう。もはや真相を誰かに話すことはないだろうが、雅樹だってそうだったのだから。

来週末実家に帰ったら、優一と結婚することをちゃんと雅樹の墓前で報告しなければ。

水樹はそう思いながら、ラックに入った映画のディスクを順に眺めていた。

すると突然、背筋にビクッとしびれが走った。

（……あれ。なんか体、熱くない……？）

人の多い銀座に出かけて疲れたのかなと、一瞬そう思ったのだが、どうもそれとは違う気がする。これはもしかして、クラブに出かけた夜に感じたのと同じものではないか——？

「よし、生ハムはこれでいいかな。あとはチーズか」

こちらの異変には気づいていない様子で、優一が冷蔵庫を開けて中を探る。

その間にも、水樹の体はますます熱くなり、彼の匂いが強く感じられるようになってきた。

どうやら水樹は、本格的に発情し始めたみたいだ。

（……優一さんに、抱かれたい……）

——優一に抱かれ、気持ちよくされて、そのまま首を噛まれたい。

この間はそこまではっきりとした願望を抱いてはいなかった。

だが今の水樹にとって、それはただ一つの欲望だった。

今すぐ愛する優一のものになりたい。番になって、生涯の絆を結びたい。

腹の底から湧き上がってくる欲情に押し上げられるように、水樹は立ち上がり、優一のほうに歩き出した。
二、三歩進んだところで、優一がぴくりと肩を震わせた。
こちらを振り返った優一が、驚きの声を発する。

「……水樹……、もしかして、きみ……？」

その声だけで、鼓膜を愛撫されたみたいな気分になる。

足を速めて彼に近づき、目の前に立って顔を見上げると、優一が頭を傾けて鼻をこちらに近づけ、くん、と息を吸い込んだ。

「ああ、きみのフェロモンの匂いがする」

うっとりと甘い声で、優一が言う。

「きみを抱いて首を噛んだら、この匂いはもっと強くなって、僕だけを誘惑するものに変わるんだね？」

「そうして、ほしいです。もう、今すぐに」

「結婚式まで、待てない？」

「待てませんっ」

「結納だってまだなのに？」

「優一さんが、欲しいんですっ。優一さんと、番になりたい……！」

上ずった声で告げると、優一が艶麗な笑みを見せた。

劣情で火照った頬を大きな手でそっと撫でて、優一がささやく。

「今のきみにとって、それは至極当然の欲望だよね。なのにすごく『悪い子』っぽく聞こえて、ドキドキするよ」

「ゆ、ぃち、さ……！」

「僕も『悪い大人』になりたいな。ベッドで二人で、悪いことをしようか？」


廊下にぽいぽいと衣服を脱ぎ落としながら、二人で寝室に行き、絡み合いながらベッドに倒れ込む。

優一は全裸、水樹はチョーカーだけを残した姿だ。互いの口唇を重ね、舌を絡めながらきつく抱き合うと、合わさった胸から優一の力強い心音が伝わってきた。

両腕を優一の首に回し、両脚も腰に巻きつけてホールドするように抱きついたら、大好きな彼の匂いもますます強く感じられた。

それだけで、頭がくらくらしてしまう。

「……んん、優一さんの、匂い、するっ」

「ふふ、そう？　どんな匂いなのかな？」

「夏の風、みたいな？」

「夏の風か。自分ではよくわからないけど、悪くないな」

優一が言って、こちらを見つめて思案げな顔をする。

「きみは、花かな。鈴蘭の香りみたいな、そんなイメージだ」

「鈴蘭……」

「花も白くて可憐なんだけど、ピンクもあって、それはきみが昂っているときの肌の色に似ている。花のあとになる実は、とても綺麗な赤で……、ちょうど、こんな感じだよ？」

「つ、あっ、あん……」

左右の乳首を口唇でちゅくちゅくと吸われ、甘い声が洩れる。

発情した体は敏感なので、もうそれだけで感じて、腹の底がきゅうきゅうと収縮する。

触れられもせぬまま勃ち上がった水樹自身は、乳首を舌でもてあそばれるたびビンと跳ね、先端からは透明な蜜が流れ出て、幹をぬらりと伝い落ちる。

下腹部でぐつぐつとたぎる欲望をとにかく解放してほしくて、はしたなく腰を揺らすと、優一が水樹の乳首を味わいながら、欲望に指を滑らせてきた。

「あっ、あぁ、ゆ、いちさんっ」

優一が指を筒状にしてくれたので、自らこすりつけるように腰を動かす。

温かい彼の手のひらは心地よくて、夢中になって快感を追ってしまう。

乳首を舌で転がされ、軽く歯を立てられたら、腹の奥のほうがヒクヒクと震えて、あっけなく射精感が募ってきた。

「ああ、ぁ、出ちゃう、出ちゃっ……！」

予告する間もなく頂に達して、とぽとぽと白蜜をこぼす。

「おや、もう達ってしまったのかい？」

優一が少し驚いたように言う。

「発情してるから、すごく達きやすいっていうのはあると思うけど、それにしても……」

思案げな様子で優一が言って、ふと思い至ったように続ける。

「なんだか、乳首がいつもより熱いみたいだね。もしかしてこっちですごく感じた？　こうすると、どう？」

「あんっ！　ああ、はあっ！」

射精の恍惚から下りる間もなく乳首を舌で舐められ、体がビクンビクンと激しく跳ねる。

ツンと勃った乳首は、普段から感じやすいのだが、発情しているせいかあり得ないくらい鋭敏になっている。舌先で転がされたり、くにゅりと押しつぶされたりするだけで、腹の奥がきゅっとなって腰が淫らに揺れてしまう。

口唇できつく吸われて引っ張られ、ぷっと放されるのを繰り返されると、そこはますます熟れてぷっくりとふくらんできた。それを歯で甘噛みされ、乳頭を舌で舐め立てられたら、内奥からオメガ子宮の入り口のあたりが疼き始めた。

「ふ、ぁあっ、なんか、おなか、ジクジク、するっ……」

「ジクジク？」

「おなかの奥が、熱、くっ！　ああっ、あああっ」

乳首を刺激されると、腹に甘いしびれが起こって身悶えしてしまう。

今まで経験したことのない状況に当惑してしまうが、腹の中で湧き起こっている感覚にはとてもなじみがある。

胸に触れられているだけなのに、どうしてかまた達きそうな感じがするのだ。乳首以外どこも刺激されていないのに、徐々に放埓の気配がせり上がってくる。

これはいったい……？

「やっ、あ！　待っ、てっ、こん、なっ、はあ、ああっ、ああああ――――」

わけがわからないまま、水樹は己自身から白蜜をとぷとぷと吐き出し、再び頂を極めていた。

感じすぎてジンジンする乳首からちゅっと口唇を離して、優一が言う。

「素晴らしいね。きみはいつの間にか、乳首でも達けるようになったんだね？」

「そ、なっ……？」

そんなことができるのかと驚いてしまったが、それはまさに今、現実に体験したことだ。楽しげな目をして、優一が笑う。

「ふふ、オーガズムに至る道筋はいくらでも作れるっていうけど、なかなかこうはいかないものだ。きみは本当に、性愛の素質があるんだねぇ？」

「は、ぁあっ……」

優一が手を狭間の奥へと進め、後孔を探り当ててくるくるとなぞってきたので、頂の余韻に浸りながら自ら脚を広げる。

そこはすでにわずかにほころび、じわりと潤み始めていて、外襞は優一の指を柔らかくのみ込む。ゆっくりと付け根まで指を沈められ、そのまま出し入れされると、くぷ、くぷ、と小さな音が立った。

すかさず二本目の指を沈め、二本揃えて抽挿しながら、優一が言う。

「乳首だけじゃないね。きみの中もとても熱い。指を溶かされてしまいそうだ」

「ん、うぅっ」

「きみはもう、成熟した大人の体になったんだね。こんなにも甘い体の、最高に素敵なオメガと番になれるなんて、僕は本当に幸せなアルファだよ」

「優一、さ……、ぁ、んっ、ん、む……」

後ろを慣らされながらまた口づけられ、舌をちゅるりと吸い立てられて、背筋を心地よいしびれが駆け上がる。

この体をここまで成熟させてくれたのは優一だし、優一と結ばれる水樹だって、これ以上ないほど幸せだ。

キスの甘露をもっと味わいたくて、こちらから口唇に吸いつくと、優一がぐっと身を乗り出してキスを深めてきた。

「あ、む、ん、ふっ」

彼の舌で水樹の薄い舌の表や舌下をなぞられ、歯列の裏を丁寧に舐められて、甘美な刺激にゾクゾクする。

優一の肉厚な舌はいつでも自在に動いて、水樹の口腔を隅々までまさぐってくる。

後孔に挿し入れた指で内襞をかき回されながら、舌で柔らかい頬の内側を撫でられ、上顎をねっとりと舐られたら、意識が溶けてしまいそうだった。

「……口の中も、熱い」

唾液の糸を作りながらキスをほどいて、優一が言う。

「それにもう、後ろはとろとろに潤んでる。ほら、わかる？」

「あ、ああっ、んん」

指で内筒の中をかき混ぜられ、そこからくちゅくちゅと卑猥な水音が上がってくる。

発情したオメガの体が、アルファの巨大な生殖器を受け入れるために蜜を滴らせ、どこまでも潤む。

オメガとして当然の反応ではあるが、こんなにもとろとろになってしまうのは、ほかならぬ優一が手をかけて開発してくれたからこそだろう。

そのことに、どうしてか言いようのない喜びを感じる。

「あぅっ、あっ、そ、こ！」

「うん、ここだよね？」

「う、ふぅっ、ああっ、あああ」

感じる場所を指でくりくりともてあそばれ、腰が躍る。

新しい悦びの道筋を見つけ出すだけでなく、知り尽くした体のいい場所にちゃんと触れ、確かめるみたいに愛撫してくれるのも、とても嬉しいことだ。

指が抜けてしまわないよう窄まりをきゅっと絞ると、指の動きが小刻みになって、いいところを指の腹で激しく揺さぶるみたいにこすられた。

それだけでもう、止めようもなく腹の奥がぐらぐら沸いてきて——。

「っ、ぁ、あ」

優一の手に導かれて達した、どっと熱が解放されるみたいな三度目の絶頂。

水樹の鈴口からはまた白蜜がこぼれ、蜜筒はきゅうきゅうと収縮して優一の指を締めつける。彼の指の付け根が内蜜でじわりと濡れ、それが尾てい骨のあたりまで滴るのを感じて、頭が熱くなってしまう。

「……きみの前も後ろも、もうすっかりびしょびしょだ。可愛いよ、水樹」

とぷ、とかすかな水音を立てて指を水樹の後ろから引き抜いて、優一が言う。

「きみはまるで、果汁がたっぷり詰まった甘い果実みたいだね」

そんなふうに言われると、なんだか少しばかり恥ずかしいけれど、美味しく食べてもらえるならそれもいいかもしれない。

だってこの体が発情して、こんなにもジューシーになってしまうのは、ただ優一に愛されるためなのだ。ひたすらにそのためだけに、水樹の体はとろとろに潤ってしまっているのだ。

でもこれは、優一に体を開発され、彼のことを好きになったから、というだけではないような気がする。

もしかしたらもっとずっと前から、自分と彼との未来は重なっていたのではないか。自分が彼という最高のアルファのものになることは、あらかじめ決まっていたのではないか。

どこまでも濡れそぼっていく体で何度も絶頂に達しているうちに、だんだんそんな気がしてきた。

「優一さん、だからだと思う……」

「え……」

「優一さんとだからこそ、俺はこうなるんです。体で、そう感じます」

水樹は言って、頬を熱くしながら優一を見上げた。

「まだ噛まれてはいないけど、俺は最初から、優一さんだけのものだったんじゃないかなって。もしかしたら、初めてのときよりも、もっとずっと前から……！」

優一は兄である雅樹の番だと思って接していたから、これまでそんなことは想像もしなかった。

だが本当は番ではなかったのだと知った今、その可能性を考えてみるのを妨げる理由は存在しない。

水樹の言葉に、優一はかすかに瞠目したが、ややあって、心底嬉しそうな笑みを浮かべた。

「……きみは、そんなふうに感じてくれているの？」

「う、んっ」

「そうか。だったら僕たちは、運命の番だったのかもしれないな」

「運命の、番？」

「そう。僕ときみとは、最初からこうなることが決まっていたんだ。だからこそ僕は、きみにごっこ遊びをしようなんて提案したのかもしれない。ああ、本当にそうだったら、こんなにも素敵なことはないね……！」

「ん、んっ！　ふぅ、ううっ」

優一に激しく口づけられ、むさぼるみたいに口唇と舌とを吸われて、ぐらぐらと意識を揺さぶられる。

優一が「運命の番」なんて言葉を口にするとは思わなかった。

でもそう考えると、今この瞬間、過去のすべてが肯定される気がして、歓喜に震えてしまいそうになる。

運命の番というものが、もしも本当に存在するのだとして。

兄の番の相手として出会った優一と、巡り巡ってこんなふうに結ばれるのは、互いに引き合う力がどこまでも強かったのだろう。

それだけでも得がたいことだと思うし、すでに心から愛し合っていることも確かではあるけれど、自分たちにはまだ先がある。

首を噛んで本当に番となり、生涯の絆を結ぶ。

互いに自分の意思で、誰からも強制されずにその未来を選択することこそが、運命を永遠へと決定づける最後の一押しになるのではないか。

「……チョーカーを外してもいいかい？」

水樹の意識を言葉とキスとですっかり酔わせてから、優一が訊いてくる。

普段ならかすかな戦慄を覚えるが、今はそうされることが嬉しくてたまらない。コクリとうなずくと、優一が首の後ろに手を入れてチョーカーの留め金を外した。

ひらりとはがすように首から外され、何かいい匂いがふわりと広がる。

もしや水樹自身のフェロモンの香りだろうか。

「ああ、綺麗だ」

一糸まとわぬ姿になった水樹を眺めて、優一が言う。

「きみの細い首に口づけてみたいなって思っていた。きみと恋人ごっこをしながら、何度もね。きみが発情したあの晩は、噛んでしまいたい欲求を抑えなきゃって、ちょっと必死だった」

「そう、なんですか……？」

あの日はもちろん、それ以外のときでも、優一はずっと平静な様子だったのに、密かにそんなことを思っていたとは思わなかった。

でも水樹も、あの発情した晩は噛まれて番にされたいという気持ちが少しだけあった。

今も発情しているから、噛まれただけでも即、番にはなれるのだろう。

ここまできて、それはさすがに味気ない気がするから、そうしてほしいとは思わないけれど。

「……ここにキスするだけなら、ちょっとしてみても、いいですよ？」

頭を傾けて首をさらすと、優一は目を丸くしたが、やってみたいと思ったのか、笑みを浮かべて顔を近づける。

そのまま水樹の首に顔をうずめ、優一が熱い口唇を首筋にちゅ、と押し当てる。

「ぁッ……」

ビリッと電流のようなしびれが体を駆け抜け、肌がざわりと粟立つ。

彼の硬い歯が皮膚を破って肉に食い込み、二人が一つになる、という感覚が、まるで予兆のように脳裏に浮かんで、全身がビクビクと震えた。

優一がほう、とため息をついて顔を上げる。

「……すごいな。こんなの、初めてだ」

そう言って優一が、まじまじとこちらを見つめる。

「僕も、感じた。触れただけで、ああきみなんだって思った。きみこそが番となるべき相手だって、体で感じたんだ！」

「優一、さん」

「ああ、もう今すぐきみと番になりたいよ！　どうかきみの中に入らせて。僕と、心も体も一つになってくれ……！」

優一が熱に浮かされたように上ずった声で言って、水樹の両脚を抱え上げ、脚の間に腰を入れる。

両手を伸ばして彼の二の腕につかまり、小さくうなずくと、水樹の熟れた後孔に彼の硬い切っ先が押し当てられ、ぐぷっと埋め込まれた。

その大きさと熱さにひやりとしたが、これは水樹がもっとも欲しているものだ。

彼を迎え入れようと腰を上向けると、ぐっと体重をかけながら、優一が水樹の中に熱杭を沈めてきた。

「あっ、ああっ、はぁ……！」

まるで肉の凶器みたいな、優一のアルファ生殖器。

コンドームなしに、そのまままつながれたのはこれが初めてだ。直接感じる彼の熱さは今までにないほどで、幹でこすられるだけで内襞が溶けそうな感覚に陥る。

優一のほうもいつもと違う感触なのか、きゅっと眉根を寄せて言う。

「きみが僕に絡まって、中へ中へと吸い込んでいく。きみに誘い込まれるみたいだ！」

「あっ、ううっ！　あっ、あっ」

緩く腰を使って優一が入ってくるにつれ、その熱と大きさがありありと感じられてくる。

甘苦しいほどのボリュームだけれど、水樹の中はそれを柔軟に受け止めて、貪欲に絡みつく。

やがて張り出した先端部が最奥に届き、いっぱいに広がった窄まりが熱い亀頭球でふさがれると、互いに安堵のため息が出てしまった。

悩ましげな目をして優一が言う。

「全部入った……、けどこれ、動いたらすぐにでも持っていかれてしまいそうだな」

「俺もすぐに、達っちゃいそうっ。優一さんの、熱くて大きくて、すごく気持ちがいいからっ」

そう言ったら、優一が中でビクンと跳ねた。もうほんの少しも我慢できない、とでもいうような苦しげな表情を見せて、優一が告げる。

「そんなふうに煽るなんて、きみは悪い子だ。こう見えて抑えるの、けっこう大変なんだからね？」

「あっ、ごめん、なさ……」

「いいよ、謝らないで。抑えられなかったとしても、僕は何度だって奮い立つから。どこまでもきみを、満足させてあげるから」

「ふっ、あ、あぁ、はぁ……」

優一がゆらりと腰を揺すって、雄で水樹の中をこすり立ててくる。

すぐに達してしまわないためにか、かなり抑えた動きだが、長いリーチをたっぷりと使った、深くゆっくりとした抽挿だ。

隔てるもののないむき出しの彼自身はとても温かく、優しくこすれ合うだけで肉筒に鮮烈な快感が広がって、体が甘い喜悦で震える。

まるで大海をたゆたっているような穏やかさに、うっとりしてしまう。

「ぁ、あ……、ゆ、いちさんの、すごく、あったかい」

「きみの中も温かいよ。柔らかい襞が重なったみたいになってるのがピタピタ吸いついてきて、たまらない感触だ。ゴムをつけないと、やっぱり違うね」

優一が言って、感触を楽しむようにゆったりと腰を動かす。

互いをより密に感じ合い、新鮮な感覚を堪能する。

それは性急に快楽を求め合うよりもずっと、幸福感を覚える行為だった。即物的な性行為が「愛の行為」に変わったように思えて、陶然となってくる。

発情した体も素直に喜びを感じているようで、体よりも心が、甘く揺さぶられるのがわかった。

(これが、恋人同士の、セックスなんだ……!)

好き合っている相手との、甘くて心地よくて、どこまでも優しいセックス。

これからはずっと、こんなふうに愛し合えるのだろうか。

そう思うと嬉しくて涙が出そうになる。

「優一さん、好き……!」

「僕もだよ。きみが、好きだ」

優一がそう言って、上体を倒して胸を重ねてくる。

彼の背中に腕を回し、両脚をまた腰に絡ませてぎゅっと抱きつくと、体が密着して彼の肉体の動きが直に伝わってきた。

たくましい腿や腹筋は腰の揺れに連動するようにしなやかに動き、背筋が大きくしなるたび、厚い胸筋はブルリと震える。

雄々しく力強いアルファの肉体。

それに対して、水樹のオメガの体はどこまでも華奢だ。

けれど彼に身を委ねながら、こちらも律動に合わせて身を揺すると、優一の強健な肉体がかすかに揺らぎ、水樹を穿つ一定のリズムも乱れ出した。

優一がああ、とため息を洩らして、抽挿のピッチをわずかに上げてくる。

「は、ぁあ、んんっ、んっ」

ズンと最奥まで刀身を沈められ、カリ首のあたりまですらりと引き抜かれては、また突き立てられて。

何度も彼が行き来するたび、背筋を悦びが駆け上がって、うなじのあたりがチリチリとスパークしたみたいになる。

水樹の愛蜜で潤んだ肉茎がなめらかに水樹の中を撫で、くぷ、ぬぷ、と湿った音を立てる都度、水樹自身の切っ先からは少し濁った透明液がとろとろとあふれてきた。

「……は、あ、ぃ、いっ、す、ごく、ぃいっ」

「どこが、いい？　いつもの、このあたり？」

「あああっ、あっ」

「それとも奥の、ここ？」

「ひ、あぁっ、ど、ちもっ、いいっ！　ごり、ごりってっ、するぅっ、ああ、あああ……！」

深く挿し入れて奥のほうの感じる場所をぐりぐりされたり、浅いところを頭の部分でかき回されたり。

緩急をつけて気持ちのいいところをこすり立てられて、そのたびに喉奥から悦びの悲鳴を上げてしまう。

ゴムなしでしているせいもあるのか、吸いつくみたいな感触がいつになく強くて、動かれるたびに内襞をざわりと撫で上げられるような感覚がある。

それが信じられないくらい気持ちよくて、もっと味わおうと後ろを締めつけると、優一がウッとうめいて目を細めた。

そのまましばらく抽挿を続けていたが、やがて水樹の脚を抱え直して、優一が告げてきた。

「……すまないっ、もっとじっくり愛してあげたいけど、ちょっと今は、これ以上こらえられそうにないっ。きみがあまりにも愛おしすぎて……！」

「ああっ、はあ、ああっ！」

優一がさらに動きを速め、激しく腰を打ちつけ始めたから、こちらも声のトーンが上がる。

こんなにも余裕のない優一は初めてだけれど、水樹のほうももはやまともな思考はできず、ただ快感だけが体を駆け抜けていく。

まるで自分が一つの肉の塊になって、快楽にのみ込まれていくようだ。

でもそれは、己を投げ出すとか行為に溺れてしまうとか、そういうこととは違う。愛しいアルファと深く結び合い、悦びを通じて一つになって、誰にも引き裂くことのできない特別な相手へと上り詰めていくような、そんな感覚が確かにある。

オメガのこの体に、アルファの証しを注いでほしい。そうして首をきつく噛んで、番の絆を結んでほしい。

心でも体でも、自分はそれを望んでいる。哀願するような声で、水樹は言った。

「も、欲しいっ、優一さんの白いの、おなかにたくさん、欲しいよっ」

「水樹っ」

「それで、首を噛まれたいっ……、番に、されたい……!」

「水樹、水樹ッ……!」

優一が揺れる声で名を呼び、はあはあと荒い息を吐きながら水樹をズンズンと突き上げる。

これ以上なく挿入が深まったせいか、貫かれるたび窄まりにぐぽぐぽと亀頭球が入り込み、抜かれるたびに媚肉が外にめくれ上がるのがわかる。

その卑猥な感触がまたたまらなくよくて、知らず腰を跳ねさせると、互いの律動がぴったりと合わさった。そのまま、一気に高みへと引き上げられる。

「あ、ああっ、ぃ、くっ、いくっ、達、ちゃ……!」

愛しい人としっかりと結び合って達した、どこまでも高い頂。きゅうきゅうと収縮する蜜筒を、剛直でゴリゴリとこすり上げられ、意識が激しくかき乱される。

鮮烈な愉悦にガクガクと身を震わせながら、焦点の合わない目で見上げると、優一がきゅっと眉根を寄せた。

「……僕も、達くよっ。このままきみの中に、出させてッ……！」

優一が告げて、最後に二度、三度と、ひときわ大きな動きで水樹を穿つ。

そうしてぐぷっと亀頭球まで中に突き入れ、おう、とたけり声を上げて動きを止める。

「……ぁ……ああ、ゆ、いちさん、のがっ、出て、る……！」

ざあっ、ざあっ、と、泉の水がほとばしり出るように、水樹の腹の底に白濁液が放たれる。

直接腹の中に出されたのはこれが初めてだが、アルファのそれはベータやオメガのものよりも量が多く、放出の勢いもすさまじい。達きっぱなしの内襞に熱くてしたたかな重みのある液がはね飛ぶだけで、何度も小さく極めさせられる。

凄絶すぎる快感に身悶えしていると、優一が水樹の顎に手をかけ、顔を傾けさせた。

「……今からきみを、僕だけのものにする。いいね？」

「は、いっ」

裏返った声で答えると、水樹の細い首筋に、優一が顔をうずめた。

ちゅっと優しく口唇を押し当てられた、次の瞬間。

「ひ、ぁっ……！」

皮膚に硬い歯が当たり、食い破って肉へと突き刺さった衝撃に、思わず悲鳴を上げた。獰猛な獣に捕食されたみたいな、一瞬の静寂。

だが痛みはすぐに去り、温かく心地よい感覚が体内を駆け巡った。

優一が体の中に入り込み、血流に乗って隅々まで循環し始めたみたいな、そんな感覚だ。

同時にはっきりと意識する。自分の一部もまた、彼の中を巡り始めたことを。

「ああ、優一、さんと、一つに、なってる……！」

まるで互いの魂が混ざり合い、一つに融合したかのような感覚に、涙があふれてくる。優一が首から顔を上げ、水樹を甘い目で見つめてくる。

「……きみの匂いを感じるよ。とても強い。狂おしいほどだ！」

優一が揺れる声で言って、ちゅっと水樹の額に口づける。

「僕たちは結ばれた。身も心も」

「はいっ……。嬉しい。俺、嬉しいです……！」

水樹は涙声で言って、優一の秀麗な顔を見つめた。

「愛して、います……、あなただけを！」

「僕も愛している。僕を選んでくれて、ありがとう」

優一が言って、そっと頬を撫でてくる。

「きみを幸せにすると誓うよ。そして僕自身も、幸せになることから逃げないで、ちゃんと生きていこう思う」

「俺がついてます。一緒に幸せになるんです！」

少し強気を出してそう言うと、優一が泣きそうな顔で微笑んだ。

誰よりも愛おしい番と、ずっと一緒に――。

どちらからともなく求め合ったキスは、甘い味わいがした。

温かく力強い優一の体を、水樹はいつまでも、ぎゅっと抱き締めていた。

おわり

あとがき

皆様こんにちは。真宮藍璃です。「箱入りオメガは悪い子になりたい」をお読みいただきましてありがとうございます！

定期的に書いている大学生受けですが、今作の水樹は箱入り息子くんです。個人的には「悪い子になりたい」とか言ってる子はだいたいいい子だと思っておりまして、今回はそういうちょっと甘ちゃんな男の子を書いてみようと思いました。

新幹線通学&通勤、実は私も大昔にやっていたことがあるのですが、東京だと距離によってはへたに一人暮らしをするより安くて快適です。ただ、実質終電合わせの電車が門限みたいになるので窮屈だなぁとは思っていました。水樹も飲み会はいつも一次会で切り上げて、もうちょっと遊びたいなあと思っていたんじゃないかなと。

そんな水樹を導く攻めの優一は、水樹の義兄です。

私は「イケナイことを教えてくれる身内のえっちなお兄さん」というイマジナリーな存在にあこがれがありまして、今回はかなりワクワクしながら書いていました。

でも、余裕のありそうな彼にも影がある。それもまた性癖です。

そのあたり、皆様にも楽しんでいただけていましたら幸いです。

なお、今作は次作「頑なベータは超アルファに愛されすぎる」との連作となっております。そちらは今回ちょこっと出てきた賢人と佐々木のお話ですので、よろしければぜひ。優一と水樹も出てきます！

さて、この場を借りましてお礼を。

挿絵を描いてくださったみずかねりょう先生。

デビュー間もない頃に「ヴァージンハネムーンは御曹司と」にて挿絵を頂戴いたしましたが、今回再びご一緒させていただき、とても嬉しいです！　ノーブルで美しい優一と悪い子になりたそうな水樹がとても素敵です。本当にありがとうございました。

担当のS様。

いつも的確なアドバイスをありがとうございます。連作を書いてみていろいろと発見がありましたので、今後に生かしていけたらと思います。

読者の皆様にも、今一度御礼申し上げます。ご感想などいただけましたら嬉しいです。次作ともどもぜひよろしくお願いいたします！

二〇二二年（令和四年）一二月　真宮藍璃

プリズム文庫をお買い上げいただきまして
ありがとうございました。
この本を読んでのご意見・ご感想を
お待ちしております!

【ファンレターのあて先】
〒153-0051 東京都目黒区上目黒1-18-6 NMビル
(株)オークラ出版 プリズム文庫編集部
『真宮藍璃先生』『みずかねりょう先生』係

プリズム文庫

箱入りオメガは悪い子になりたい

2023年01月30日 初版発行

著　者　真宮藍璃
発行人　長嶋うつぎ
発　行　株式会社オークラ出版
〒153-0051 東京都目黒区上目黒1-18-6 NMビル
営　業　TEL:03-3792-2411 FAX:03-3793-7048
編　集　TEL:03-3793-6756 FAX:03-5722-7626
郵便振替　00170-7-581612(加入者名:オークランド)
印　刷　中央精版印刷株式会社

ISBN978-4-7755-3003-0